Alexander Rieckhoff, Stefan Ummenhofer
Morgengrauen

PIPER

Zu diesem Buch

Ein sanfter Nebelschleier liegt über dem Villinger Kneippbad, als die Frühschwimmerin Verena Böck wie jeden Morgen ihre Runden dreht. Doch schon wenig später treibt die Wissenschaftlerin tot im Becken. Handelt es sich wirklich um einen Raubmord, wie der ausgeräumte Spind von Verena Böck vermuten lässt? Hinweise führen den Hobbydetektiv Hubertus Hummel und seinen Freund, den Journalisten Klaus Riesle, in die Schwenninger Hochschulszene. Gerade als sie auf einer heißen Spur sind, geschieht ein zweiter Mord – und zwar ausgerechnet bei einem großen Fest der Polizei-Fachhochschule. Wieder ist das Opfer eine Professorin, doch diesmal starb die Frau durch das Gift des Blauen Eisenhuts. Bei der Mördersuche muss sogar Hummels Frau als Lockvogel einspringen …

Alexander Rieckhoff, geboren 1969 und aufgewachsen in Villingen, studierte Geschichte und Politikwissenschaft in Konstanz und Rom und ist als Fernsehredakteur beim ZDF in Mainz beschäftigt. Er lebt mit seiner Familie in der Nähe von Mainz.
Stefan Ummenhofer, geboren 1969 und aufgewachsen in Villingen und Schwenningen, studierte Politikwissenschaft und Geschichte in Freiburg, Wien und Bonn. Er ist als Journalist für Zeitungen sowie die dpa tätig und lebt mit seiner Familie bei Freiburg. Gemeinsam haben die Autoren viele erfolgreiche Schwarzwald-Krimis geschrieben, zuletzt »Höhenschwindel«.

Alexander Rieckhoff
Stefan Ummenhofer

MORGEN GRAUEN

Ein Fall für Hubertus Hummel

3. Teil

Dagmar

Piper München Zürich

Mehr über unsere Autoren und Bücher:
www.piper.de

Von Alexander Rieckhoff und Stefan Ummenhofer
liegen bei Piper vor:
Honigsüßer Tod
Giftpilz
Strafzeit
Höhenschwindel
Stille Nacht
Morgengrauen

FSC
www.fsc.org
MIX
Papier aus verantwortungsvollen Quellen
FSC® C014496

Vollständig überarbeitete und erweiterte Taschenbuchausgabe
Piper Verlag GmbH, München
März 2013

Erstausgabe: Romäus Verlag, Villingen-Schwenningen 2004
Umschlaggestaltung: semper smile, München
Umschlagabbildung: Colin Anderson / Getty Images
Satz: Kösel, Krugzell
Gesetzt aus der Sabon
Papier: Munken Print von Arctic Paper Munkedals AB, Schweden
Druck und Bindung: GGP Media GmbH, Pößneck
Printed in Germany ISBN 978-3-492-30050-6

INHALT

1. FRÜHSCHWIMMER

Die Turmglocken des Villinger Münsters schlugen gerade erst Viertel nach sechs, als Verena Böck ihr Fahrrad durch den Hausflur auf die Obere Straße schob. Sie trat hinaus in die menschenleere Fußgängerzone der alten Zähringerstadt, warf einen flüchtigen Blick auf die prachtvollen Zwillingstürme und schwang sich dann auf das alte schwarze Fahrrad, das ihr einst vom Großvater vermacht worden war. Darauf hatte sie schwer zu treten, von Gangschaltung keine Spur, doch tat das ganz gut und wärmte etwas auf in der morgendlich kühlen Luft. Zwar war tagsüber der Frühsommer auch bis zu den Schwarzwaldhöhen vorgedrungen und konnte für dreißig Grad und mehr sorgen, frühmorgens war man Mitte Juni von mediterranen Temperaturen jedoch noch weit entfernt.

Gerade mal sieben Grad hatte das Thermometer auf der Dachterrasse angezeigt. Beim Blick auf die Quecksilbersäule hatte es Verena gefröstelt. Zumal bei der Aussicht, sich gleich ins kalte Nass des Villinger Kneippbads zu stürzen.

Das war Verenas neueste Entdeckung in Sachen Fitnesstrip. Denn auf dem befand sie sich seit der Trennung von Frank. Während des Studiums hatten sie sich kennengelernt, zwölf Jahre lang waren sie ein Paar gewesen, hatten gemeinsam alle Höhen und Tiefen durchlebt. Kurz vor der lange geplanten Hochzeit und unmittelbar nachdem er Professor geworden war, hatte Frank dann etwas mit einer Sekretärin aus der Fachhochschule angefangen: Irene.

Verena hatte mit achtunddreißig plötzlich alleine dagestanden und mitansehen müssen, wie Irene ihren täglich runder werdenden Bauch voller Stolz zur Schau trug. Frank war daran alles andere als unschuldig. Dabei hatte er doch nie Kinder gewollt …

»Irene, dieses blonde Flittchen«, zischte Verena vor sich hin, als sie ihr Vehikel den Brigachweg entlangsteuerte. Eigentlich hatte sie sich all diese Gedanken schon mehrfach kategorisch verboten. Zwar war Frank längst aus der gemeinsamen Dachwohnung in der Villinger Innenstadt ausgezogen, doch die dienstliche Nähe zu ihrem Ex blieb. Er arbeitete an der Schwenninger Berufsakademie, während Verena nicht weit entfernt in der Fachhochschule ihre Brötchen verdiente. Ebenso wie Frank war sie Wirtschaftswissenschaftlerin.

Mindestens dreimal die Woche sah man sich beim Mittagessen im »Vau«, in Fachkreisen auch »Professorenmensa« genannt. Dort turtelte Frank ungeniert vor ihren Augen mit Irene herum. Sie spielten das hemmungslos verliebte Paar – und diese Zicke Irene schien es zu genießen, dass sie einer Professorin den Mann ausgespannt hatte.

Seit einem halben Jahr ging das schon so. Es quälte

sie, doch damit sollte jetzt endlich Schluss sein: Sie musste ihr Privatleben neu ordnen.

Natürlich hätte sie mit einem ihrer Kollegen anbandeln können. Die Auswahl war groß und multikulturell – vom Asiaten bis zum Australier. Doch Berufliches und Privates würde sie nie wieder vermischen.

Verena erhöhte die Trittfrequenz, als sie nun rechts die in Richtung Donau plätschernde Brigach neben sich hatte. Zum Frühschwimmen wollte sie keinesfalls zu spät kommen, denn der Kampf um die Bahnen war sonst hoffnungslos verloren.

Sie durchfuhr die Sebastian-Kneipp-Straße mit ihren üppigen Baumalleen und ihren verträumten kleinen Villen. Dann warf sie einen Blick in Richtung des SABA-Areals. Der Firmenname prangte immer noch in großen blauen Lettern über dem Hauptgebäude. Von hier aus hatte die »Schwarzwälder Apparate-Bau-Anstalt« einst Radios und Fernseher in die ganze Welt exportiert. Über 2500 Menschen hatten an der Schwarzwälder Hochtechnologie gefeilt, Villinger ebenso wie Nachbarn aus Schwenningen, mit denen sie seit 1972 zur gemeinsamen Stadt vereint waren. Doch wegen der aufkommenden Billigkonkurrenz aus Fernost war damit Schluss gewesen. Ihr altes SABA-Radio, Typ »Villingen«, lief hingegen immer noch wie ein Schwarzwälder Uhrwerk.

Verena nahm einen tiefen Atemzug, als sie in den Kurpark am Villinger Stadtrand hineinfuhr. Die morgendliche Schwarzwaldluft mochte noch so kalt sein, aber gesund war sie allemal. »Luftkurort« hatte sich das Städtchen mal nennen dürfen. Doch von Kurgästen war kaum noch eine Spur, schon gar nicht um diese Uhrzeit. Und der Kurpark, den Verena gerade längs der Brigach passierte, war etwas in die Jahre gekommen.

Ein kurzer Blick auf die Armbanduhr: 6.27 Uhr. Gerade noch rechtzeitig kam sie am Eingangstor des Kneippbads an, vor dem bereits fast zwei Dutzend Badegäste ungeduldig murmelnd auf den Einlass warteten. Einige sahen sie abschätzig an. Es war dieselbe Besetzung wie jeden Morgen. Ein ganz Voreiliger rüttelte am Gitter wie einst Gerhard Schröder – der Legende nach – vor einigen Jahrzehnten an dem des Kanzleramts. Herr Keller, ein schüchterner, freundlicher älterer Mann, stand etwas abseits. Er faltete gerade seinen *Schwarzwälder Kurier* zusammen und klemmte ihn sich unter die Achseln. Und obwohl er jeden Morgen der Erste war, begab er sich auch heute wieder ans Ende der Menschentraube. Herr Keller war eine Ausnahme in der rauen Frühschwimmerwelt.

Wenigstens Willy, der langhaarige Schwimmmeister mit üppigem Dreitagebart und markanter langer Nase, wusste Kellers Freundlichkeit zu schätzen. Jeden Morgen bedankte er sich mit einem Lächeln für die Zeitung, die Keller den Bademeistern schenkte – manchmal brachte er ihnen sogar ein Frühstücksbrötchen mit.

»S'isch scho längscht halbe siebene, und s' Tor isch immer no zue«, beschwerte sich ein anderer Frühschwimmer mit unverkennbar alemannischem Zungenschlag, ein weißhaariger Herr um die siebzig, der den morgendlichen Frühsport kaum erwarten konnte.

»Immer mit der Ruhe, die Herrschaften«, beschwichtigte Willy und schlappte unbeeindruckt gemütlich in Richtung Kassenhäuschen, um das Gittertor zu öffnen.

Dann endlich fiel der Frühschwimmerschwarm ins Kneippbad ein wie Schnäppchenjäger beim Schlussverkauf. Die meisten aus der Gruppe von Individualisten hasteten direkt zur Umkleidekabine, ohne den Schwimmmeister auch nur eines Blickes zu würdigen. Verena hielt kurz inne und genoss für einen Moment die Atmosphäre. So viel Zeit musste trotz der Hektik sein.

Wie jeden Morgen hatte sich ein sanfter Nebelschleier über das Kneippbad gelegt. Es sah aus wie in einem Stillleben. Das dreiundzwanzig Grad warme Badewasser und die nur wenige Meter entfernt vorbeifließende Brigach hatten die kühle Nacht hindurch Dampf erzeugt. Auch heftige Gewitterschauer hatten dazu beigetragen. Zwar kämpfte die tief stehende Sonne bereits gegen die Nebelschwaden an, doch noch war die Anlage nur schemenhaft zu erkennen. Für Verena waren diese Momente fast meditativer Natur.

Ehe sie die Umkleiden betrat, kamen schon die ersten Frühschwimmer herausgestürmt. Zwei von ihnen hatten sich sogar in Neoprenanzüge gezwängt. Als Verena endlich ihren Badeanzug übergestreift hatte, hörte sie den schrillen Schrei einer Frau: Sie wusste, dass es zu den Ritualen einer der Frühschwimmerinnen gehörte, sich mit einem lauten Juchzer ins Wasser zu stürzen.

Als Verena am Becken angelangt war, spritzten bereits überall Wasserfontänen auf, waren schnaufende Geräusche zu vernehmen – nicht nur das Geschnatter eines Entenpärchens, das sich unter die Frühschwimmer gemischt hatte, sondern auch das zweier Damen mit rosa Rüschen auf den Badehauben. Sonst sah man relativ wenig. Der Nebel lag dicht über dem Wasser, es sah fast aus wie in einem Thermalbad. Dass die Enten offenbar völlig unbeeindruckt von den um sich schlagenden Schwimmern weiter ihre Bahnen zogen, machte Verena Hoffnung: Auch sie würde sich ihren Platz im Becken erkämpfen können.

Ihre ersten Schwimmzüge an diesem Morgen glichen allerdings eher einem Spießrutenlauf, obwohl sie sich gleich abseits auf Bahn 8 verzogen hatte. Ein bulliger Typ mit stark behaartem Oberkörper und getönter Schwimmbrille raunzte sie an, versetzte ihr beim Vorbeischwimmen gar ein paar Tritte.

Die würden bestimmt blaue Flecken an den Oberschenkeln nach sich ziehen, dachte sie.

Also versuchte sie es im zentralen Bereich des Beckens. Auf Bahn 3 kam ihr ein ebenfalls Bebrillter mit Schnauzbart nahe, der ein bisschen wie der ehemalige Olympiasieger Mark Spitz aussah, mit den Armen beim Kraulen aber fuchtelte, als würde er gleich ertrinken. Ein weiterer Badegast mit einer Haut, so weiß wie

Papier, diskutierte gerade – wie Verena schemenhaft bemerkte – am Beckenrand mit dem anderen Bademeister, einem braun gebrannten Franzosen mit angegrautem Haar. Aber nicht nur des Teints wegen waren die beiden sehr gegensätzlich.

»Höret Sie mol: Des Wasser hät nie und nimmer dreiundzwanzig Grad, des isch jo arschkalt«, hörte Verena den Mann schimpfen.

»Aber natürlisch, Monsieur. Schauen Sie mal auf mein Thermometer«, schlug der Bademeister vor.

»Ha, seller isch bestimmt kaputt«, ließ sich der Schwimmer nicht beirren.

»Wenn Sie mir nischt glauben, dann müssen Sie eben schneller schwimmen«, schlug der Franzose vor.

Der Mann grummelte etwas von »sich bei den Stadtwerken beschweren« und stieß sich kräftig vom Rand ab. Verena legte sich auf den Rücken, streckte Beine und Arme von sich und schloss für einen Augenblick die Augen, um sich zu entspannen.

Noch einem weiteren Schwimmer schien sie offenbar im Wege zu sein: Ein kräftiger Körper legte sich plötzlich auf sie, drückte ihren Oberkörper nach unten und gegen die Beckenwand. Verena spürte einen engen Klammergriff um Beine, Becken und Po, und das Wasser stieg mit einem stechenden Schmerz in ihrer Nase auf. Erlaubte sich jemand einen überaus schlechten Scherz?

Wohl kaum. Verena begriff, dass die Situation bitterernst war. Todesangst überkam sie. Sie strampelte verzweifelt mit den Beinen, boxte mit den Armen, wollte mit den Zähnen irgendwie die Waden ihres Peinigers zu fassen bekommen. Ihre Fingernägel bohrten sich krampfhaft in das Fleisch des Angreifers.

Wieso kam ihr denn niemand zu Hilfe?

Einen Augenblick lang schien es, als könne sie sich aus der Umklammerung lösen. Ihr Körper entglitt für einen kurzen Moment den muskulösen Armen des Angreifers. Ein kraftvolles Nachfassen: Verenas Hoffnung starb. Die Kräfte verließen sie, das Wasser bahnte sich seinen Weg in ihre Lungen. Ihr wurde schwarz vor Augen.

Der letzte Gedanke in Verenas Leben galt Frank.

2. PRIVATRADIO

Die Stimmung im Opel Kadett, der im Morgengrauen gerade von der A 81 auf die Schnellstraße in Richtung Villingen abgebogen war, war prächtig.

»Unglaublich.« Hubertus Hummel schüttelte auf dem Beifahrersitz den cocktailgeschwängerten Kopf. Normalerweise lehnte er dieses »Yuppiegesöff«, wie er es nannte, strikt ab, doch gemeinsam mit seinen beiden Kumpanen hatte er in dieser Nacht 1420 Euro im Konstanzer Spielcasino gewonnen. Abzüglich der 82 Euro, die sie in der Hotelbar eines Starkochs neben dem Casino umgesetzt hatten, als dieses um drei Uhr seine Pforten geschlossen hatte.

»Da gehe ich zum dritten Mal in meinem Leben ins Casino und gewinne.« Hummel, Mitte vierzig, Bauchansatz, Nickelbrille und spärliche Haarpracht, war erst skeptisch gewesen, als ihn sein bester Kumpel Klaus Riesle zum Ausflug nach Konstanz überreden wollte. Aber schließlich hatte Hummel als Lehrer für Deutsch und Gemeinschaftskunde am Villinger Gymnasium am Romäusring Pfingstferien und nichts Besonderes vor.

Die Sonne war mittlerweile über Schwarzwald und Baar aufgegangen. Von Weitem konnten die Autoinsassen die Silhouette der spitzen Salzsiedertürme des

Städtchens Bad Dürrheim erkennen, eines vor allem bei älteren Feriengästen beliebten Kurorts. Salz wurde dort zwar seit über dreißig Jahren nicht mehr produziert, dafür durfte sich der beschauliche Ort mittlerweile aber »Soleheilbad«, »Naturwaldgemeinde« und »Solarkommune« nennen.

Hubertus freute sich auf den langsam erwachenden Tag. Der Ausflug nach Konstanz war eine gute Entscheidung gewesen. Das fand auch Freund Riesle, der als Lokaljournalist in der Villinger Redaktion des *Schwarzwälder Kuriers* ohnehin meist flexibel und bereit für kurzfristige Unternehmungen war. Und das, obwohl er nach längerem Junggesellendasein seit einigen Monaten eine feste Beziehung hatte – Kerstin, eine Schwenninger Lehrerin. Es schien ganz gut zu laufen mit ihr, aber gelegentliche Herrenabende mussten sein. Ein Spielchen im Casino hatte sich Riesle ohnehin schon lange mal wieder vorgenommen.

Der Journalist, klein, schwarzhaarig und drahtig, schmunzelte über Hummels Freude, denn dieser hatte noch zu Beginn des Abends seinen Bedenken überaus wortreich Ausdruck verliehen, vor einem »überbordenden Kapitalismus« gewarnt und bei Riesle Spielsucht diagnostiziert.

Nur mit der Erinnerung an einen Kriminalfall, der die beiden Hobbydetektive schon einmal ins Zockermilieu geführt hatte, ließ sich Hubertus für den Casinobesuch ködern. Zu Recht. 1420 Euro minus 82 machte 1338. Das Ganze durch drei ergab, äh …

»Will man mir nicht Danke sagen, bitte schenn?«, ertönte eine Stimme vom Rücksitz des Kadetts. Sie gehörte Radovan Josipović, einem berufsmäßigen Spieler und bosnischen Hobbyphilosophen, den sie bei ihren Recherchen damals kennengelernt hatten. Auch heute hatten sie den Bosnier im Casino getroffen.

»Ist ja gut«, winkte Hubertus ab. »Danke, Radovan.«

»Musst du nicht so tun«, setzte Josipović nach. »Wer hat euch beigebracht Spiel Paroli bis Maximum?«

»Radovan Josipović, der größte Zocker zwischen Baden-Baden und Sarajevo«, nickte Hubertus.

»Richtig, mein Freind.« Josipović schlug ihm von hinten auf die Schulter. Für ihn waren Gewinne in dieser Höhe nichts Besonderes. Verluste allerdings auch nicht …

Zum Dank für seine Unterstützung hatten Hubertus und Klaus ihm nicht nur drei Gläser Sekt spendiert, sondern auch noch angeboten, ihn mit nach Schwenningen zu nehmen, weil er dort einen Freund besuchen wollte.

»Mein Freind, mach einmal Musik.« Diesmal patschte Josipović' Hand auf Klaus' Schulter. »Oder soll ich singen bosnische Volkslied?«

Hubertus zuckte zusammen.

Klaus drehte sich zu Josipović um und sagte: »Rado, ich präsentiere dir was ganz Besonderes. Mein Privatradio!«

Er beugte sich nach rechts, schob Hubertus' Knie zur

Seite und öffnete das Handschuhfach. Hinter zahlreichen CD-Hüllen und gebrauchten Tempo-Taschentüchern, die Kerstin ihres chronischen Schnupfens wegen dort gehortet hatte, kam ein rechteckiger Kasten zum Vorschein, der nicht viel größer als ein Geldbeutel war.

Hummel schüttelte wieder den Kopf. Er kannte dessen Bestimmung bereits. »Klaus, das ist illegal! Völlig illegal!«

Riesle drehte am Knopf des rot-schwarzen Geräts, während der Wagen leichte Schlingerbewegungen machte, weil sein Fahrer nicht ausreichend auf die Straße achtete. Hubertus schrie auf. Mit dem ehemaligen Hobbyrennfahrer Klaus unterwegs zu sein wirkte sich negativ auf seinen Blutdruck aus.

Aus dem Kasten ertönte ein Piepsen und Knarzen. Auch Josipović war nun klar, worum es sich handelte: »Mein Junge: ist Polizeifunk!«

Riesle nickte. »Ja. Ohne das kommst du heute als Journalist nicht mehr weit.«

Bei dem Gerät stellte sich allerdings der Vorführeffekt ein. Es tat sich quasi gar nichts. Kein Wunder, um drei viertel sieben morgens.

Zehn Minuten später lieferten sie Josipović bei dessen Freund ab. Genauer gesagt, im menschenleeren Industriegebiet Herdenen zwischen den Stadtteilen Villingen und Schwenningen.

»Hier ist gutt«, sagte Josipović, als er sie in die Nähe des Einkaufszentrums dirigiert hatte.

»Hier?«, wunderte sich Hubertus. »Hier gibt's kein einziges Privathaus. Bist du dir sicher, dass dein Freund hier wohnt?«

»Ja. Ist gutt, mein Freind«, bekräftigte Josipović, lehnte sich mit einem Ruck nach vorne, um Klaus und Hubertus mit seinen muskulösen Armen zu herzen, streichelte den Polizeifunkkasten geradezu liebevoll – dann war er weg.

Klaus kapierte es als Erster: »Der geht zu Häringer.«

»Ins Bordell«, fiel nun auch bei Hubertus der Groschen. »Von wegen zu einem Freund.«

Sie warteten einen Augenblick. Tatsächlich steuerte Josipović das Etablissement an, das Hubertus und Klaus auch schon hatten aufsuchen müssen. Rein beruflich, versteht sich …

Trotz dieser Entdeckung und der immer noch vorhandenen Euphorie nach dem Spielgewinn wirkte der Alkohol allmählich ermüdend. »Lass uns schnell nach Hause fahren«, gähnte Hubertus. »Und stell endlich diesen Kasten ab.«

Forderung eins stieß bei Klaus auf keinen Widerspruch, doch den Polizeifunk ließ er weiter vor sich hin rauschen.

Noch immer knarzte es. Doch dann ertönte eine Tonleiter – und erstmals eine Stimme: »Hilflose Person im Villinger Kneippbad. Möglicherweise Tötungsdelikt. Notarzt und Krankenwagen sind schon unterwegs. Bitte Kripo verständigen.«

Klaus war sofort elektrisiert. »Ich habe gewusst, dass

sich das Gerät auszahlt. Ha! Nur 80 Euro habe ich dafür gezahlt«, jauchzte er.

»Ich frage lieber nicht, an wen«, grummelte Hubertus, der sich überlegte, ob seine Müdigkeit oder seine Neugier Oberhand gewinnen sollte. Aber zuerst musste er noch etwas moralisieren: »Du freust dich also über einen möglichen Mord? Du bist wirklich ein Beispiel dafür, dass der Mensch dem Menschen ein Wolf ist.« Trotz dieses Exkurses in die philosophische Welt des Thomas Hobbes siegte auch bei Hubertus allmählich die Neugier. Ärger würde es so oder so geben, wenn sie jetzt zum Tatort fahren würden.

Und natürlich würden sie das ...

»In fünf Minuten sind wir da«, meinte Klaus. »Vielleicht schaffen wir's ja noch vor Kommissar Müller.« Mit ihm waren sie wegen ihrer Recherchen schon mehrfach aneinandergeraten. Er mochte weder Journalisten noch Lehrer, obwohl er mit Letzteren beruflich seltener konfrontiert wurde. Riesle und sein Freund im Duo waren für Müller jedoch die Garantie für einen verdorbenen Tag.

Der Kadett raste über den Bickenberg und war kurz darauf in der Kirnacher Straße, wo die verlassenen Kasernen der ehemaligen französischen Besatzungsmacht standen. Mit quietschenden Reifen fuhr Klaus auf den Parkplatz des Kneippbads und parkte zwischen einem Polizeiauto und einem Rettungswagen. Dann holte er aus dem Kofferraum seine Digitalkamera: »Für alle Fälle.«

Durch den Polizeifunk waren die Freunde inzwischen schon informiert, dass es sich nicht nur um eine bewusstlose, sondern um eine tote Person handelte und dass diese weiblichen Geschlechts war.

»Klaus«, zupfte Hubertus seinen Freund am Ärmel des zitronengelben Sakkos, das dieser im Casino getragen hatte. »Klaus, das gibt wirklich Ärger. Und wenn die erfahren, dass du den Polizeifunk abhörst …«

»Ach was«, widersprach Riesle gelassen. »Wir sind ganz normale Badegäste.«

»In dem Aufzug?«, gab Hubertus zu bedenken und sah an sich herunter. Eine graue Stoffhose, schwarze Slipper, ein weißes Hemd und eine Krawatte mit Gänsemotiv. Auch Riesle sah keineswegs wie ein morgendlicher Schwimmer aus. Unter dem gelben Sakko trug er ein schwarzes Hemd und eine Krawatte mit dem Aufdruck »Nobody's perfect«. Seine Hose war weiß, seine Halbschuhe ebenfalls.

Der Journalist hatte diese Bedenken nicht. Er erwog sogar zunächst, sich mit seinem Presseausweis freien Eintritt zu verschaffen, doch konnte er ja schlecht sagen: »Riesle vom *Kurier*: Hier ist ein Mord passiert« – auch wenn er dies gerne getan hätte. Stattdessen löste er brav eine Eintrittskarte fürs Bad und spendierte sogar Hubertus noch eine.

Das Kassenhäuschen war erstaunlicherweise weiter geöffnet, auch wenn der französische Bademeister einen einigermaßen konsternierten Eindruck machte. Vielleicht hing das auch mit der Bärchentasche von Klaus'

Freundin Kerstin zusammen, die dieser im Kofferraum seines Wagens gefunden hatte und die er nun als Badetasche ausgab.

Die beiden Polizisten vor Ort – mehr waren es tatsächlich noch nicht – schienen überfordert. Sollte man das ganze Gelände absperren? Oder nur das Becken? Einstweilen taten sie gar nichts – und einige Frühschwimmer zogen deshalb unbeeindruckt weiter ihre Bahnen.

Die Tote war teilweise von einem weißen Tuch bedeckt und lag neben dem Becken, über dem die Sonne nun die Nebelschwaden weitgehend verdrängt hatte. Im Halbkreis um die Leiche standen die Rettungssanitäter, der Notarzt, Bademeister Willy – und Herr Keller.

»Grüß dich, Willy«, sagte Klaus, der in seinen achtzehn Berufsjahren beim *Schwarzwälder Kurier* Bekanntschaft mit so ziemlich jedem Doppelstädter gemacht hatte.

Riesle hob wie selbstverständlich das weiße Tuch an, doch das Gesicht der Leiche löste bei ihm zunächst keinen Wiedererkennungseffekt aus.

Die weitere Konversation wurde durch einen Mann mit Brille erschwert, der – äußerst korrekt gekleidet – in Begleitung seines Kollegen Winterhalter durch das Eingangstor auf die Gruppe zuging. »Das kann doch wohl nicht wahr sein«, schimpfte der Bebrillte zunächst auf die Streifenbeamten, um sich dann an Willy zu wenden: »Sind Sie der Bademeister? Mein Name ist Müller, Kripo VS. Ich möchte Sie bitten, umgehend dafür zu sorgen, dass der Badebetrieb eingestellt und das Bad geschlossen wird. Und wenn Sie jeden Schwimmer einzeln aus dem Becken ziehen müssen. Hier handelt es sich schließlich um einen Tatort!«

Nun wandte er sich Klaus und Hubertus zu: »Wie kommen Sie denn hierher?«

Hubertus fasste sich als Erster ein Herz: »Wir wollten baden.«

Der Kommissar schaute beide Freunde scharf an. Er blickte ihnen ins Gesicht, dann auf die Kleidung, auf die Bärchentasche und wieder ins Gesicht.

Winterhalter mischte sich ein: »Stilvolle Kleidung für einen Badeausflug«, merkte er an. Dann streichelte er das Bärchen: »Und die Tasch isch jo herzallerliebscht.«

Winterhalter war ein echter Schwarzwälder – bodenständig und in seiner Art manchmal staubtrocken. Hauptberuflich war er Kommissar, nebenberuflich hatte er den Bauernhof seiner Eltern übernommen – in Linach, etwa zwanzig Autominuten von Villingen entfernt.

Dann wandte sich der Nebenerwerbslandwirt an Kommissar Müller: »Ich versuch mol, die Personalie von dene Badegäscht aufzunehme.«

»Tun Sie das«, meinte Müller kurz. »Sorgen Sie dafür, dass niemand den Raum … ähem, das Bad verlässt.« Pause. »Außer diesen beiden Herren hier.« Er deutete auf Hummel und Riesle und schob nach: »Oder haben Sie etwa sachdienliche Hinweise zu dem Fall?«

»Wir sind gerade mal seit einer Minute da, Herr

Kommissar«, beeilte sich Hummel zu versichern. »Eine Minute vor Ihnen«, ergänzte Riesle. Das »vor« betonte er.

Müller war das zu viel. Da wurde man vom Frühstückstisch weg zu einem vermutlichen Mord gerufen, und wen traf man als Erstes: den Villinger Oberschnüffler und seinen korpulenten Freund. Beim letzten Fall hatte er ihnen immerhin ein Schnippchen schlagen können …

Müller konnte sich auf das abermalige Erscheinen des Duos an einem Tatort keinen wirklichen Reim machen, doch die beiden störten. Sie mussten weg. »Seien Sie froh, dass ich keinen Alkoholtest bei Ihnen machen lasse«, meinte Müller noch. Offenbar merkte oder roch man den Freunden die durchfeierte Nacht noch an.

Da halfen alle Proteste von Klaus nichts – sie wurden von den beiden Streifenpolizisten zum Ausgang eskortiert. Noch nicht einmal mit Willy durften sie sprechen.

»War's denn nun ein Mord?«, wollte Riesle von dem Polizistenduo wissen.

»Sonst hätte der Herr Hauptkommissar ja wohl nicht so schlechte Laune«, murmelte der eine, doch fuhr sein Kollege dem Beamten umgehend über den Mund: »Ruhig! Zur Presse nie auch nur ein Wort!«

Riesle grinste schief und beschloss, einen Rechercheplan auszuhecken.

Hummel wollte einfach nur schlafen.

Es war 7.35 Uhr.

3. FRÜHSTÜCK BEI HUMMELS

Hubertus ließ sich von Klaus zwar in der Villinger Südstadt absetzen, in der er wohnte – aber ein paar Hundert Meter von seinem Haus entfernt. Er hatte beschlossen, schnell noch bei einer Bäckerei vorbeizugehen und Brötchen zu holen. Elke würde sich sicher freuen, wenn er sie mit einem dampfenden Cappuccino und einem gedeckten Frühstückstisch weckte.

Die Familie wollte gepflegt sein. Schließlich wohnte Elke erst seit wenigen Monaten wieder bei ihm, war die Ehekrise beigelegt. Und auch auf Martina, seine Tochter, die vor Kurzem ihren achtzehnten Geburtstag gefeiert hatte, freute sich Hubertus. Aber ob die in den Schulferien vor elf aufstehen würde?

Er täuschte sich in mehrfacher Hinsicht. Erstens war das Haus bereits erwacht, was zweitens wohl mit einem überraschenden Besuch zu tun hatte.

Denn vor der Tür parkte ein Wagen – ein senfgelber Ford Fiesta. Das war Didi Bäuerle, Hausmeister des Villinger-Münster-Gemeindezentrums und einer seiner besten Freunde, obwohl Didi gut zehn Jahre jünger war als er. Die beiden hatten mit dem »Bistro« in der Villinger Innenstadt dieselbe Stammkneipe.

Didi war passionierter Frühaufsteher, oft schon um

sechs Uhr morgens im Gemeindezentrum unterwegs und außerdem offenbar ohne Gespür dafür, wann man im Urlaub morgens bei Freunden aufkreuzen kann.

Eine Minute später war Hummel um noch eine Überraschung sowie um eine Enttäuschung reicher: Die Überraschung bestand darin, dass Martina auch schon wach und am Frühstückstisch war. Sie trug außer einem »Robbie Williams«-T-Shirt nur einen Slip. Das war entschieden zu wenig – vor allem wenn Gäste im Haus waren.

»Zieh dir bitte was anderes an«, ermahnte Hubertus sie. »Ich meine damit: mehr!«

Seine Tochter schaute ihn an. Eine ganze Weile. Langsam zog sie ihre sommersprossige Stupsnase kraus, rieb sich ihr Piercing. Dann blickte sie ihn wieder an – fast so wie Kommissar Müller eine halbe Stunde zuvor. »Schönes Sakko, Papi«, grinste sie dann. Auch Didi schmunzelte.

Hubertus beschloss, das Thema Kleidung vorläufig zu vertagen.

Die Enttäuschung lag in einem Körbchen auf dem Tisch: Auch Didi hatte frische Brötchen besorgt. Eine Kanne Kaffee stand ebenfalls schon auf dem Tisch – wie immer, wenn Hubertus nicht da war, Filterkaffee.

Immer noch grinsend, blickte Didi Hubertus an: »Ich dachte, ich könnte dich wecken, dabei kommst du jetzt erst nach Hause. Hat wohl Spaß gemacht im Casino?«

Hubertus war hin und her gerissen. Eigentlich wollte

er von seinem Gewinn erzählen, ein Drittel von 1338, aber Elke war alles andere als ein Casinofan – selbst wenn er dort Geld gewonnen hatte. Ihr war die Reise nach innen wichtiger als Finanzielles, weshalb sie eine durchmeditierte einer durchzechten und durchspielten Nacht auf jeden Fall vorzog.

»Es beruhigt mich ja, dass du zu mir wolltest, Didi«, begann Hubertus deshalb zu scherzen. »Ich dachte schon, du seist hinter Elke her.« Er warf seiner Frau einen bewundernden Blick zu. Sie sah wieder einmal zauberhaft aus – und das am frühen Morgen.

Gerade als er endlich wortreich die Neuigkeiten aus dem Kneippbad zum Besten geben wollte, klingelte das Telefon.

Natürlich: Klaus. Hätte er sich denken können, dass der bereits mitten im Fall steckte. »Mein Anruf im Freibad war nicht sehr ergiebig«, klärte er Hubertus auf. »Die Bademeister dürfen keinerlei Auskunft geben – noch nicht mal Willy. Und als ich anrief, habe ich auch noch Müller im Hintergrund gehört.«

»Und?«

»Dieser Wichtigtuer«, ärgerte sich Klaus. »Er rief nur: ›Dieser unsägliche Journalist soll sich beim Ö melden, wenn er etwas wissen will.‹«

»Und?«

»Und? Und?«, echote Klaus. »Und da rufe ich nachher an. Allerdings bin ich jetzt mit Kerstin verabredet. Ich halte dich auf dem Laufenden – wir recherchieren heute oder morgen noch mal im Bad.«

»Und was ist der Ö?«, wollte Hubertus wissen. »So heißt doch ein Grönemeyer-Album!«

»Das ist der Öffentlichkeitsarbeiter, du Hobby-Columbo. Die Polizeipressestelle«, erläuterte Klaus.

»Ah«, machte Hubertus nur.

4. Ö

Als Riesle mit seinem roten Kadett in der Schwenninger Innenstadt bei Kerstin eintrudelte, war diese fast noch besorgter als Hubertus' Ehefrau.

»Irgendwie finde ich das nicht gut, Klaus«, meinte sie. »Du hast also diese Nacht gar nicht geschlafen? Und dabei wollte ich jetzt was mit dir unternehmen!«

Ihre blauen Augen blitzten. Sportlich sah sie aus in ihrer kurzen weißen Hose und dem rosa T-Shirt. Die blonden Haare hatte sie zu einem Pferdeschwanz zusammengebunden.

Klaus machte eine wegwerfende Handbewegung. »Kein Problem, Schatz«, sagte er etwas großspurig. »Ich brauche heute keinen Schlaf.« Er überlegte kurz und sagte dann: »Lass uns doch einen kleinen Ausflug machen oder so was. Wir könnten beispielsweise ins Freibad nach Villingen gehen ...«

Dass Kerstin nicht sofort antwortete, hatte Klaus blitzschnell als Zustimmung gewertet. »Ich muss aber erst noch kurz telefonieren«, sagte er und ging dazu ins Schlafzimmer der Zwei-Zimmer-Dachwohnung, von der aus man einen schönen Blick über Schwenningen hatte.

Kerstin seufzte. Wie oft hatte sie schon diesen Satz gehört – und wie ging er ihr auf die Nerven!

Sosehr sie die Dynamik und den Unternehmungsgeist ihres Liebsten manchmal schätzte, so kontrastierte ihr Wunsch nach trauter Zweisamkeit und der baldigen Gründung einer Familie mit dem ungestümen Klaus, der es selten länger als eine Stunde am selben Ort aushielt.

»Hallo, Ö«, sagte Klaus, nachdem er auf dem in Naturholz gehaltenen großen Bett Platz genommen hatte. »Hier spricht Riesle vom *Kurier.*« Er blickte aus dem Fenster auf den Turm der Bären-Brauerei.

»Hallo, R«, antwortete der Beamte am anderen Ende der Leitung humorig. »Ich meine natürlich: Guten Morgen, lieber Herr Riesle.«

Man kannte sich und spielte das Spiel »Journalist fragt, Polizist antwortet nur widerwillig« mit Hingabe.

»Gibt's schon eine Soko?«, ging Klaus in puncto Abkürzungen mit 2:1 in Führung.

»Eine Sonderkommission? Warum sollen wir nicht gleich ein MEK losschicken? Zu was denn überhaupt, Herr R?« Der Ö gab sich unwissend.

»Mensch, Herr Huber«, empörte sich Klaus, der sich überlegte, was denn nun MEK bedeutete. Richtig: Mobiles Einsatzkommando. »Zu einem M. M wie Mord. Sie sind nicht doof, ich bin's auch nicht, und ich rufe ausnahmsweise von zu Hause an. Also, lassen Sie uns zur Sache kommen: Heute Morgen wurde im Kneippbad eine Tote gefunden. Wer war's?«

Der Polizist lachte müde: »Sie sind gut: Meinen Sie, wer die Tote oder wer der Täter war?«

»Die Tote würde mir zunächst schon mal reichen. Den Mörder finden wir dann schon selbst«, gab Klaus zurück.

»Woher wollen Sie denn überhaupt wissen, dass es ein Mord war?«

»Ich habe gute Kontakte – das wissen Sie doch, Ö. Übrigens auch in den Reihen der Polizei ...«

Damit war der Humor des Ö erschöpft: »Herr Riesle, ich finde Sie zwar nicht ganz so lästig, wie Kollege Müller das tut, aber hier sind er und ich uns völlig einig: Halten Sie sich aus solchen Fällen raus!«, meinte Huber. »Woher wissen Sie überhaupt von der Sache?«

»Ich bin passionierter Frühschwimmer und war vor Ort«, gab Riesle zurück. »Ich frage ja auch nur, weil ich dachte, es würde sich um eine ehemalige Mitschülerin handeln. Carola Hansen, richtig?«

Die Stimme des Ö wirkte gelangweilt: »Nein.«

Klaus hakte nach: »Na ja – vielleicht hat sie mittlerweile ihren Namen geändert. Wie lautet der doch gleich, sagten Sie?«

»Glauben Sie wirklich, ich falle darauf rein?« Huber klang fast enttäuscht. »Ich sagte gar nichts – und werde es auch nicht, da können Sie mich noch so löchern.«

Die beiden kannten sich schon über ein Jahrzehnt, und im Lauf der Zeit hatten sie gelernt, sich zu respektieren – trotz der unterschiedlichen Rollen, die sie einnahmen.

»Herr Ö, ich muss Sie doch nicht an die Informationspflicht gegenüber den Medien erinnern?«, gab

Klaus dennoch nicht auf. Ein Satz, den er schon hundert Mal gebraucht hatte. Er fühlte sich heute Morgen nicht gut in Form. Es lag wahrscheinlich doch am fehlenden Schlaf.

Auch der Ton des Ö wurde nun schärfer. »Und ich darf Sie vielleicht daran erinnern, dass wir erst einmal den Eltern die Todesnachricht überbringen wollen?«, meinte er dann. »Damit sind die Kollegen nämlich gerade beschäftigt. Oder wollen Sie das zukünftig gleich mit übernehmen?«

Riesle schwieg. In ihm arbeitete es. Die Tote war nicht verheiratet, dachte er. Sonst würden die Beamten nicht den Eltern, sondern dem Ehemann die Nachricht überbringen. Ein Hinweis – wenn auch ein karger.

»Wann können Sie mehr sagen?«, wollte Riesle wissen.

»Wir sind nicht verpflichtet, den Namen der Toten zu nennen«, belehrte ihn der Ö. »Aber versuchen Sie's nach fünfzehn Uhr noch mal. Ansonsten wird es sicher im Verlauf der nächsten Tage eine Pressekonferenz zu diesem Fall geben.«

In den nächsten Tagen! Eine Ewigkeit für einen Tageszeitungsjournalisten.

Einen Hinweis hatte der Ö dann doch noch. »Vielleicht war es ja ein ÜGIT«, neckte er Riesle.

Der musste endgültig passen. »ÜGIT?«

»Ein ›*ü*berregionaler *g*efährlicher *I*ntensiv*t*äter‹«, wurde er aufgeklärt.

»Wirklich? Gibt es Hinweise darauf?«, fragte Riesle.

»Nein. Aber es steht jetzt bei den Abkürzungen 3:2 für mich«, beschied ihn der Ö und legte auf.

Kerstin stand im Schlafzimmer. Sie hatte einen guten Teil des Telefonats mitbekommen. »Kneippbad? Da wolltest du doch mit mir heute hin? Klaus, das ist doch kein Zufall?« Ihre Stimme hatte jetzt etwas Anklagendes.

Klaus überlegte. Zum einen würde er, wenn die Polizei partout keine Auskunft gab, die Spur der Toten im Freibad aufnehmen müssen. Zum anderen ging es jetzt wohl primär darum, Kerstin zu besänftigen. »Schau mal, Schatz«, begann er. Hm. Und weiter? Vielleicht sollte er ihr ganz allgemein seine Liebe erklären. Das half doch bei Frauen meistens …

Das Telefon half ihm aus dieser Situation; es klingelte wieder. Hatte es sich der Ö anders überlegt? Klaus drückte auf den grünen Empfangsknopf: »Bei Zehnle.« Dann ließ er den Hörer sinken. »Für dich«, sagte er enttäuscht und reichte ihn weiter.

Während seine Freundin telefonierte, machte Riesle sich weiter Gedanken.

Nach fünf Minuten hatte er den Tag durchgeplant. Er würde mit Kerstin in ein anderes Schwimmbad gehen, um sie nicht noch mehr zu vergrätzen. Noch besser: an einen See. Dort würde er schlafen, denn in dieser Form war er nicht voll arbeitsfähig. Am Nachmittag war noch einmal ein Anruf bei der Polizeipressestelle fällig. Und falls dies nicht fruchten sollte, würden es Hubertus und er eben nochmals im Freibad versuchen. Müller konnte ja nicht wochenlang die Bademeister bewachen und ihnen den Mund zuhalten.

Kurz nachdem er den Plan ausgefeilt hatte, legte Kerstin auf. »Das war Claudia«, sagte sie mit tonloser Stimme.

Riesle sah sie fragend an. »Claudia? Die von der Fachhochschule? Bei der wir neulich zum ›Wokken‹ waren?«

Kerstin nickte leicht. Ihre Augen wirkten jetzt ermattet.

An diese Veranstaltung erinnerte sich Riesle gut – allerdings nicht gerade gern. Der Abend war nämlich ein Zugeständnis an Kerstin gewesen, weil sie sich darüber beschwert hatte, dass er nie Zeit habe. Stundenlang Gemüse zu schnippeln empfand Riesle aber als Zeitverschwendung. Er war mehr der »Fast-Food-Typ«, obwohl sein Freund Hubertus nicht müde wurde, ihm die Gefahren und Giftstoffe einer solchen Ernährung aufzuzählen. Der hatte es gerade nötig …

Nicht nur der Wok und die mannigfachen asiatischen Zutaten hatten Riesle genervt, sondern auch die vier Freundinnen von Kerstin: zwei Lehrerinnen und zwei, die an der Fachhochschule irgendwelche wahrscheinlich schnarchlangweiligen wissenschaftlichen Studien trieben. Nichts für den Praktiker Klaus.

»Claudia, ja«, sagte er also. »Und?«

Irgendetwas in Kerstins Gesichtsausdruck kam ihm plötzlich fremd vor. Auch schien sie blasser als vorher zu sein. Oder täuschte er sich da?

»Verena ist tot. Verena Böck«, sagte sie.

Mit dem Namen konnte Klaus nichts anfangen. Eine ehemalige Lehrerin vielleicht? »Wirklich übel, die Hitze derzeit. Wieder Kreislaufversagen? Wie alt wurde sie denn?«

Kerstin sah ihn verständnislos an. »Klaus! Was hat das denn damit zu tun? Kein Kreislaufversagen! Sie ist umgebracht worden!«

In Klaus' Gehirn machte es »klick«. Dann fragte er, was er in diesem Moment ohnehin zu wissen glaubte. »Im Kneippbad?«

Kerstin nickte stumm.

Mit sachlicher Stimme recherchierte er weiter. »Wer ist diese Verena, und woher weiß deine Freundin Claudia davon?«

Kerstins blaue Augen trübte ein Tränenschleier: »Verena ist eine Arbeitskollegin von Claudia.« Sie atmete tief durch. »Sie ist heute Morgen nicht zur FH gekommen. Daraufhin hat Claudia bei ihr zu Hause angerufen, aber nur den Anrufbeantworter erreicht. Auch auf dem Handy war nur die Mailbox.«

Jetzt fasste sie sich wieder. »Und nun hat sich die Polizei in der FH gemeldet. Sie haben Verenas ID-Karte in ihrem Spind im Freibad gefunden …«

Ungelenk tätschelte Riesle Kerstins Arm, um so etwas wie Trost zu spenden. Recherche oder Mitleid? Letzteres.

»Kanntest du sie gut?«, fragte er, während sich Kerstin aus dem großen Holzküchenschrank ein Glas holte und fettarme Milch eingoss, denn sie war immer in Sorge um ihre Figur.

»Ich habe sie vier- oder fünfmal gesehen. Aber hier ist ein Mensch umgebracht worden, Klaus. Ein Mensch, mit dem ich vor ein paar Wochen noch gesprochen habe ...« Sie trank das Glas in einem Zug leer.

Klaus widerstand der Versuchung, Kerstin aufzuzählen, wie oft er schon mit Verbrechen zu tun gehabt hatte – etwa im vergangenen Winter, in der Schwarzwaldbahn. Da hatte er das Opfer auch gekannt und hatte kurz vor dem Mord noch mit ihm in einem Abteil gesessen. Aber für ein solches Thema war jetzt ziemlich sicher der falsche Zeitpunkt.

Eines war jedoch klar: Die Tagesplanung bedurfte nun wieder einer Änderung...

5. VILLA BÜRK

Kerstin erleichterte ihm die Sache. Nach der Todesnachricht war auch sie nicht mehr so erpicht auf einen gemütlichen Ausflug. Stattdessen wollte sie für ihre Freundin Claudia da sein. Sich mit ihr treffen, Trost spenden.

Eigentlich ideal für Klaus, doch Kerstin verbot ihm schlichtweg mitzukommen. »Du willst Claudia doch nur ausfragen«, meinte sie.

Dass Klaus genau das vorhatte, konnte er schwer abstreiten. Also fügte er sich – aber nur vordergründig. Denn wo sie sich treffen würden, war ihm klar. Das Café in der »Bürk-Villa« war Kerstins Lieblingslokal und lag zudem nur einen Steinwurf entfernt.

Da musste Plan B greifen. B wie Bernd Bieralf. Der war ein Kollege von Klaus und außerdem nebenberuflicher Wirtschaftsdozent an der Fachhochschule. Der würde sich auskennen in diesen FH-Kreisen.

Eine Universität, welcher Art auch immer, das hatte für Klaus immer etwas Abschreckendes gehabt. Für ihn bedeutete Hochschule Reden statt Handeln. Und was kam dabei heraus: bestenfalls Leute wie sein Freund Hubertus, vollgestopft mit theoretischem Wissen und immer im Zwang, dieses gegenüber allen zu demonstrieren.

Ein glücklicherer Mensch war Hubertus deshalb sicher nicht geworden. Und die Zeiten, in denen man mit einem Studium automatisch gute Berufsaussichten gehabt hatte, waren auch lange vorbei.

Klaus lächelte in sich hinein. Er hatte es schon richtig gemacht, war nach Abitur und Bundeswehr zur Zeitung gegangen und hatte eine zwar nicht steile, aber doch solide Karriere als Lokalredakteur hingelegt. Ein abwechslungsreicher und, vor allem, vom ersten Tag an bezahlter Job. Wenn er an Hubertus dachte, der zehn Semester lang für einen Hungerlohn als ungeschickter Kellner in Freiburger Studentenkneipen hatte jobben müssen …

Allerdings, wenn Klaus das bei den Presseterminen an der Schwenninger Fachhochschule und der Berufsakademie richtig verstanden hatte, legte man offenbar auch hier einen größeren Wert auf Praxis. Sei's drum, für ihn waren Disziplinen wie »Oberflächentechnik« oder gar »Social Entrepreneurship« böhmische Dörfer.

Kollege Bernd war hingegen immer ganz erpicht darauf gewesen, möglichst viel aus der Fachhochschule in die Zeitung zu heben: »Wir haben viertausend Studenten in Schwenningen«, predigte er immer wieder in den Redaktionskonferenzen. »Das sind viertausend potenzielle Leser – und dazu noch Professoren, Dozenten, die ganze Infrastruktur.« Er war in der Doppelstadt die personifizierte Schnittstelle zwischen Wissenschaft und Journalismus.

Heute würden sich Bernds Engagement und sein Hintergrundwissen hoffentlich lohnen – wenigstens für Klaus.

Zehn Minuten später hatte er sich mit dem Kollegen ebenfalls zu einem Kaffee verabredet – und zwar zur gleichen Zeit und natürlich ebenfalls in der Bürk-Villa, die unweit der Schwenninger *Kurier*-Redaktion lag.

Kerstin würde Augen machen. Wie er ihr das jedoch erklären sollte, fragte er sich erst gar nicht.

Klaus gab seiner Freundin fünf Minuten Vorsprung. In dieser Zeit rief er Hubertus, der gerade auf einem Ausflug mit Elke im Elsass war, auf dessen Handy an und überredete diesen, am nächsten Morgen nochmals mit ihm zum Frühschwimmen zu gehen.

Seit Elke wieder bei Hubertus eingezogen war, schien dessen Flexibilität in puncto Unternehmungen etwas nachgelassen zu haben.

Na ja, überlegte sich Klaus, sein Freund hatte eben Angst, seine Liebste noch einmal zu verlieren. Das könnte ihm natürlich nicht passieren, redete sich Riesle ein. Klar war Kerstin manchmal über die unregelmäßigen Arbeitszeiten und sein journalistisches und kriminalistisches Engagement nicht gerade glücklich. Aber insgeheim bewunderte sie ihn doch dafür – glaubte er jedenfalls.

Um kurz nach dreizehn Uhr lief Klaus die Bürkstraße entlang, die wie die Villa nach dem Schwenninger Inhaber der württembergischen Uhrenfabrik benannt war.

Vor gut hundert Jahren war das großbürgerliche elegante Haus im Stadtzentrum erbaut worden. Im Untergeschoss der zweistöckigen Villa befanden sich nun ein Friseur und ein Café. Letzteres war so überschaubar, dass Kerstin Klaus auf jeden Fall sehen würde. Als er ankam, saß sie schon mit Claudia an einem der Tische auf der Sonnenterrasse, von der aus man den sorgfältig gepflegten Park und die fast vollständig von Rankpflanzen bewachsene Gartenmansarde im Hintergrund überblicken konnte. Kerstin hatte einen Tisch direkt am Teich gewählt, in dem riesige gelbe und orangefarbene Zuchtkarpfen stoisch ihre Runden drehten.

Glücklicherweise kam Bernd fast gleichzeitig an – wie aus dem Ei gepellt. Trotz der Hitze trug der große rotblonde Mittvierziger ein Sakko mit Krawatte, eine Weste und eine Bundfaltenhose. Typisch – aber so machte er eben Eindruck beim Wirtschaftsförderer der Stadt, den Koryphäen der FH und nicht zuletzt auch bei den Studierenden. Klaus war so nicht einmal gekleidet, wenn er ins Casino ging.

Mit klammheimlicher Freude vermerkte Riesle allerdings, dass Bieralfs zugeknöpfte Weste eine Wölbung auf Bauchhöhe aufwies. Die zahlreichen Eröffnungen und Vorträge nebst anschließendem Essen, an denen er teilnehmen musste, forderten allmählich ihren Tribut. Gerade als er Bernd darüber eine kleine Boshaftigkeit zuwerfen wollte, entdeckte Kerstin die beiden.

»Also, das ist ja wohl …«, zischte sie. »Claudia, lass uns irgendwo anders hingehen.«

Doch Klaus hatte Glück: Claudia kannte Bernd. Und obwohl sie unter dem Tod ihrer Freundin Verena sichtlich zu leiden schien, reichte es noch zur Aufforderung, sich doch mit an den Tisch zu setzen. Bingo!

Kerstins blaue Augen blitzten wieder, diesmal zwar gefährlich, doch widersprechen mochte sie wohl mit Rücksicht auf Bernd und Claudia nicht.

Der schien es wirklich nicht gut zu gehen. Sie fuhr mit den Fingern immerfort über die braune Kurzhaarfrisur und zupfte dann wieder geistesabwesend an ihrem schicken Hosenanzug herum. Ihre müden und geröteten Augen offenbarten ihren Zustand am deutlichsten. Sie hatte geweint. Und zwar mehrfach, wie Klaus vermutete.

»Verena war immer pünktlich – und heute Morgen hätte sie um acht Uhr da sein müssen, weil sie noch Details einer Vorlesung mit mir durchsprechen wollte«, erklärte Claudia mit leiser Stimme. »Wir hätten den Vortrag zusammen halten sollen. Wirtschaftssystem Indonesiens, du weißt schon, Bernd.«

Sie selbst sei um fünf nach acht gekommen und habe sich schon bald Sorgen gemacht, berichtete Claudia. »Gegen halb neun habe ich dann auf Verenas Handy angerufen – das war ausgeschaltet. Dann habe ich es bei ihr zu Hause versucht – da ging nicht mal der Anrufbeantworter an.«

»Kein AB?«, schaltete sich Klaus ein. Er hatte sich ein »Bären-Bier« bestellt, was Kerstins Laune auch nicht gerade steigerte.

Claudia schüttelte den Kopf. »Nein. Um neun wäre der Vortrag gewesen, c.t.«

Riesle blickte konsterniert: »c was?«

Bernd klärte ihn auf: »c.t., cum tempore. Das heißt, mit der üblichen akademischen Viertelstunde Verspätung. Also neun Uhr fünfzehn.«

Claudia nickte. »Ich wurde immer unruhiger, hab's noch mal auf dem Handy und dann wieder bei ihr zu Hause probiert. Mit demselben Ergebnis.«

Kerstin streichelte ihr den Arm.

Bernd nahm sich den anderen Arm vor. Er war talentierter als Klaus darin, den Einfühlsamen zu geben. »Und dann?«, fragte er.

Claudia zog eine Papierserviette unter ihrem Cappuccino hervor, tupfte dann in ihrem Gesicht herum, atmete tief durch und sagte: »Um zehn nach neun klingelte dann Verenas Telefon, also das gegenüber meines Schreibtischs. Ich dachte, das sei sie endlich, aber dann war die Polizei dran ...«

Bernd berührte nochmals Claudias Arm. »Weiß es Frank schon?«

Klaus wurde hellhörig: »Wer ist denn Frank?«

»Ihr Lebensgefährte«, sagte Claudia dann, um sich wieder mit der Serviette im Gesicht herumzutupfen. Ihr Make-up zerlief allmählich und zeichnete schwarze Ränder unter ihren Augen. »Ich meine, der ... der ...«

»Der Idiot, der sie vor einem guten halben Jahr sitzen ließ, um Irene zu schwängern«, sagte Bernd. »Ich weiß Bescheid. Jeder im Fachbereich weiß Bescheid.«

»Du meinst, er arbeitet auch an der FH?«, fragte Klaus.

Bernd schüttelte den Kopf. »Zwar auch im Fachbereich Wirtschaft, aber an der Berufsakademie – Fachrichtung Industrie. Und Irene ist eine Sekretärin in der Fachhochschule.«

Klaus griff sich die zerknautschte Serviette, die neben Claudia lag, und notierte darauf mit seinem Kugelschreiber: »Frank Ex schwanger Irene.«

»Habt ihr die Nachnamen und Telefonnummern?«, fragte er dann.

Kerstin sah ihn nun noch empörter an. Klaus spürte ihren Blick und ließ die Serviette schnell in die Hosentasche gleiten.

Zum Glück übernahm Bernd nun wieder die Befragung, nachdem er ein Mineralwasser geordert hatte. Das Thermometer war sicher auf über dreißig Grad geklettert. Wie man es da nur in diesen Anzügen aushielt?, dachte Klaus.

»Hat die Polizei schon mit euch gesprochen?«

Claudia schüttelte den Kopf. »Die wollten um halb drei vorbeikommen und alle Kollegen befragen. Also auch mich …«

»Wahrscheinlich sind die zuvor noch bei den Eltern oder am Tatort«, folgerte Bernd.

»Sehr gut«, wandte sich Klaus wieder an Claudia. »Ginge das, dass ich um halb drei auch zufällig da wäre?«

Das war eine Spur zu forsch, denn Kerstin explodierte endgültig. »Klaus Riesle, es reicht! Es reicht wirklich! Das hier ist doch keine Pressekonferenz!«

Sie kippte ihre Latte macchiato hinunter und packte Claudia am Arm. »Wir gehen!« Willenlos erhob sich Claudia.

»Tschüss, Bernd«, sagte Kerstin dann. Sie würdigte Riesle keines Blickes. »Du zahlst«, meinte sie nur noch.

Bieralf schien die Situation unangenehm zu sein, zumal sie nun auch von anderen Gästen angestarrt wurden. Er nestelte an seiner Krawatte.

Klaus hingegen war in dieser Hinsicht stoisch. Er zog die zerknautschte Serviette wieder aus seiner Hosentasche und notierte: »Blumen f. Kerstin.«

»Zwei Mineralwasser«, bestellte er beim akkurat gekleideten Kellner, sah auf sein Hemd und betrachtete die Schweißränder. Dann wandte er sich an Bernd: »Erklär mir im Schnelldurchlauf alles über die Schwenninger Hochschulszene. Und anschließend über diese Verena.«

Das musste er nicht zweimal sagen, denn sein Kollege ratterte nun los, während er einen weiteren Knopf an der grauen Weste öffnete. »Die FH – also Fachhochschule – Schwenningen ist eine Außenstelle der FH Furtwangen. In Schwenningen gibt es derzeit etwa 1200 Studenten, in Furtwangen 2300. Die FH Furtwangen ist Nachfolgerin der 1850 gegründeten Großherzoglichen Badischen Uhrmacherschule sowie …«

Klaus stöhnte: »Bernd, es ist heiß, und wir haben keine Zeit. Die Kurzversion, bitte.«

Bernd schien etwas beleidigt, spulte dann aber souverän die wesentlichen Informationen herunter: »Also, es gibt die FH mit den Fachbereichen Wirtschaft sowie Maschinenbau- und Verfahrenstechnik, kurz MuV. Daneben haben wir die Berufsakademie, an der Frank Jauch arbeitet, der Ex der Toten. Und natürlich die Polizeifachhochschule.«

Klaus unterbrach: »Und du bist wie die Ermordete Dozent bei den Wirtschaftsnasen der FH?«

Bernd nickte. »Richtig: Im Fachbereich Wirtschaft gibt es etwa vierhundertfünfzig Studenten – darunter überdurchschnittlich viele Frauen. Überdurchschnittlich viele hübsche Frauen …«

Klaus winkte grinsend ab.

»Was kannst du über dieses Duo Frank und Irene sagen?«, fragte er.

»Frank ist ein Schönling, ein Wichtigtuer. Für meine Begriffe etwas zu schleimig. Er will nach oben. Und Irene ist ein aufgedrehtes Huhn, das manchmal allerdings recht zickig sein kann. Einigermaßen attraktiv, wenn man so will. Sie genießt es, dass sie Verena ausgestochen hat.«

»Könnte einer von den beiden Verena umgebracht haben?«, fragte Klaus.

Bernd zuckte mit den Schultern.

»Was war deine Kollegin Verena denn für ein Typ?«, wollte Riesle nun wissen.

Bernd löste den letzten Knopf seiner Weste. Sein Bauch arbeitete sich durch die Befreiung einige weitere Zentimeter nach vorn. Er wirkte erleichtert.

»Verena war eine richtig starke Frau«, meinte er

dann anerkennend. »Ihr Schwerpunkt waren Ostasien und die Wirtschaftsbeziehungen dorthin. Sie war häufiger in dieser Gegend unterwegs. Fachlich war sie meines Wissens wirklich gut, allerdings, wie Frank, unglaublich ehrgeizig.«

»Hatte sie einen Neuen, nachdem es mit diesem Frank aus war?«, recherchierte Klaus weiter.

»So nah bin ich da nicht dran«, musste Bernd eingestehen. »Schließlich verbringe ich ja täglich zehn Stunden bei unserem *Kurier*. Von einem neuen Freund weiß ich nichts, kann mich aber mal erkundigen.« Er blickte Klaus an. »Die Story schreibst übrigens du. Ich habe keine Lust, an der FH als Nestbeschmutzer beschimpft zu werden. Das könnte meinen Kontakten nur abträglich sein.«

Klaus stimmte da gerne zu. Dann schaute er auf die Uhr. Zehn nach zwei. »Komm, wir müssen los.«

Bernd nickte. »Stimmt, für mich wird's auch Zeit.« Er begann, die Knöpfe wieder zu schließen. Einen nach dem anderen. Die oberen beiden ließ er aber lieber frei.

Klaus sah ihn an: »Bernd, du wirst jetzt nicht in die Redaktion zurückgehen. Du nimmst mich jetzt mit in die FH.«

Dieser schien unschlüssig, ob er sich wirklich zu Klaus' Komplizen machen sollte.

Dessen Gedanken kreisten um Kerstin. Wenn sie jetzt immer noch bei Claudia in der FH wäre, gäbe es ganz schön Ärger. Da halfen wahrscheinlich nicht einmal mehr Blumen. Vor ihr hatte er jetzt sogar noch mehr

Angst als vor Kommissar Müller, der ja dort wahrscheinlich auch aufkreuzen würde.

Als sie an der Fachhochschule ankamen, war von Polizei noch nichts zu sehen. Eilig durchschritten sie das verglaste Eingangsfoyer, nahmen den futuristisch anmutenden Treppenaufgang und betraten den Gebäudetrakt C, in dem sich der Fachbereich »W« für Wirtschaft befand. Im Büro, das sich Claudia und Verena geteilt hatten, befand sich außer Claudia niemand. Sie wunderte sich zwar etwas über den Besuch, aber Bernds Anwesenheit und sein Charme verschleierten die Absichten des Journalistenduos.

Dennoch kam Bieralf gleich zur Sache: »Meinst du, Verena hatte Feinde?«, fragte er, während sich Klaus im Büro umsah. Es sah steril aus, zweckmäßig, sauber, aber etwas seelenlos. Ein paar Ordner in den Regalen, irgendwelche wirtschaftswissenschaftlichen Standardwerke mit Titeln, die Klaus schon beim Anblick der Buchrücken schier zum Einschlafen brachten; mehr nicht.

Zwischen den beiden sich gegenüberliegenden Schreibtischen ein Strauß Nelken in einer großen Vase, der auch als Sichtschutz dienen konnte. Ansonsten sah Verenas Platz aus, als hätte sie sorgfältig aufgeräumt, ehe sie ermordet worden war. Wenn Klaus das mit seinem Schreibtisch in der Redaktion verglich ... Dort lagen Dutzende Unterlagen, Zeitungsschnipsel, Telefonnummern herum, war Redaktionsatmosphäre zu spüren, strahlte schon allein der Schreibtisch Agilität aus. Hier hingegen ...

Claudia goss den dahindarbenden Blumenstrauß und schüttelte den Kopf. »Wirkliche Feinde, das glaube ich nicht. Allerdings war sie eine erfolgreiche und selbstbewusste Frau – und damit konnte nicht jeder umgehen.«

Bernd musterte derweil die Fachbücher, was Klaus nervös machte. Sie hatten hier doch wirklich anderes zu tun. »Entschuldige, das passt jetzt zwar gar nicht«, sagte der Wirtschaftsjournalist dann. »Aber meinst du, ich könnte mir die beiden Bücher für ein paar Tage ausleihen? Ich muss noch einen Vortrag vorbereiten.«

Claudia nickte. »Ich brauche sie nicht – und Verena …« Sie stockte.

Klaus fragte inzwischen weiter, denn jede Minute Vorsprung vor der Polizei war kostbar. »Hatte sie nach der Trennung von Frank wieder einen Freund?«

Claudia zögerte. »Ich weiß es nicht, obwohl es mich natürlich auch interessiert hat. Sie mied dieses Thema – sogar mir gegenüber. Nur einmal hat sie eine Andeutung gemacht, aus der man schließen könnte, dass es noch weitere Enttäuschungen gab …«

Aus dem Nebenzimmer ertönten Stimmen. Die Kripo. Deutlich war die Stimme Kommissar Müllers zu vernehmen. »Bernd, wir sollten besser gehen«, wurde es Klaus nun doch mulmig.

Sie hatten Glück. Während Müller lautstark bei der Sekretärin ankündigte, das Büro der Ermordeten sehen zu wollen, verabschiedeten sich Klaus und Bernd eilig, liefen zur anderen Bürotür hinaus und fanden sich eine Minute später unbehelligt auf der Straße wieder.

Den Rest des Tages verbrachte Klaus mit Kerstin. Zehn rote Rosen und eine Entschuldigung später schien sie ihm halbwegs verziehen zu haben, sodass er sogar nochmals mit dem Ö telefonieren konnte. Allerdings ohne Ergebnis.

Wie Bernd ihm bei einem weiteren Anruf berichtete, betrug die Auskunft der Polizei in einer Pressemeldung dürre fünfzehn Zeilen. Für die nächsten Tage wurde eine Pressekonferenz in Aussicht gestellt.

Kein Vorsprung für die *Kurier*-Redaktion, für die Bernd einen sachlichen Bericht verfasste, der im Prinzip nur die Pressemitteilung vom bürokratischen Polizistenjargon in geschliffeneres Journalistendeutsch brachte und etwas verlängerte. Wie mit Klaus besprochen, schrieb Bernd diesen nicht unter seinem Namen, sondern mit dem Kürzel »kri« – Klaus Riesle. Die *Kurier*-Redaktion hatte aus dem Mordfall kein journalistisches Kapital geschlagen.

Noch nicht.

6. ARIENSCHWIMMEN

Nichts war zu hören außer dem Knirschen der Kiessteinchen unter ihren Füßen, als sie den Weg entlang der Brigach in Richtung Kneippbad schlurften. Keiner hatte um diese Uhrzeit wirklich Lust, etwas zu sagen.

Hubertus Hummel, Klaus Riesle und ihr gemeinsamer Freund Edelbert Burgbacher liefen vom großen Parkplatz aus in Richtung Kassenhäuschen. Links und rechts ragten mächtige Buchen empor. Ein leichter Nebel hatte sich über die Wipfel gelegt. Endlich brach Hummel das Schweigen. Er machte noch den ausgeschlafensten Eindruck – was möglicherweise daran lag, dass der Lehrer Frühaufstehen als Einziger halbwegs gewohnt war.

»Sag mal, Edelbert: Was hast du eigentlich in deinem Köfferchen? Ist das etwa dein Beautycase?«

»Streng geheim«, antwortete Burgbacher wortkarg, um dann aber doch den Gesprächsfaden aufzunehmen. »Wie konnte ich mich bloß von euch überreden lassen, zum Frühschwimmen zu gehen? Und das nach all den Trollingern gestern Abend im Bistro«, brummelte sein Bass, den er sich durch unzählige Reval ohne Filter im Laufe seines Lebens angeraucht hatte.

»Edelbertchen, vergiss nicht, dass dir der Doktor

wegen deines raubbauartigen Lebenswandels dringendst sportliche Betätigung angeraten hat. Gestern warst du doch noch Feuer und Flamme«, stichelte Hubertus weiter. Denn Burgbacher hatte sich bei dem Mordfall künstlerische Anregungen für seine nächste Krimiinszenierung in dem kleinen Villinger Zähringertheater holen wollen: »Lebensechte kriminaltechnische Erfahrungen« nannte er das.

Er hatte als Impresario die Amateurbühne in der Doppelstadt zur Blüte geführt. Ausverkaufte Vorstellungen waren an der Tagesordnung. Die Villinger Damenwelt lag dem extrovertierten Glatzkopf mit obligatorischem Künstlerschal regelmäßig zu Füßen, wenn er mal wieder als Schauspieler die Bühne betrat. Allerdings vergebens, denn Edelbert hatte sich liebestechnisch schon längst dem eigenen Geschlecht verschrieben. Von den Frauen verstand er aber dennoch eine ganze Menge …

»Mit dem Alkoholwert im Blut ins eiskalte Wasser steigen, das grenzt ja an Selbstmord«, schimpfte Burgbacher, als sie gerade den Eingang passierten. Es schien ansonsten die übliche Frühschwimmerbesetzung zu sein. Tatsächlich: Nicht einen schien der Todesfall abgeschreckt zu haben – nur das Opfer fehlte …

Auch heute kroch der Nebel von der Brigach her über das Wasser. Genau einen Tag nach dem Mord ließ die Polizei wieder einen geregelten Schwimmbetrieb zu. Die Spurensuche schien schnell beendet gewesen zu sein.

Schwimmmeister Willy staunte über den seltenen

Gast: »Ja, Edi! Welch prominenter Besuch – und für dich ist es ja wohl noch mitten in der Nacht!«, begrüßte er Burgbacher. »Bekomm ich eigentlich mal 'ne Rolle in einem deiner nächsten Stücke?«

»Ich sag's dir, wenn wir mal einen blutrünstigen Bademeister brauchen«, gab der Impresario zurück.

Kurz darauf pirschten sich Hummel und Riesle an die Frühschwimmerriege im Fünfzig-Meter-Becken heran. Klaus bemühte sich gerade, ein paar tratschende Damen mit Badehauben auszufragen. Hubertus versuchte, auf gleicher Höhe wie der etwas verschrobene Herr Keller zu schwimmen, was kein leichtes Unterfangen war. Da dieser sich sowieso kein Wort entlocken ließ und nur freundlich lächelte, gab Hummel die Verfolgungsjagd nach zwei Bahnen keuchend auf. Während des Schwimmens eine Befragung zu starten war offenbar keine gute Idee gewesen.

Plötzlich durchbrach ein lauter Schrei die morgendliche Frühschwimmerstille. Hummel zuckte zusammen, Riesle schaute entsetzt: Gleich würde es hier im Wasser womöglich noch einen weiteren Toten geben. Der eine oder andere Badegast war jedenfalls starr vor Entsetzen.

Es waren die ersten Takte einer Arie aus Verdis Aida, die gerade aus Edelbert Burgbachers altem Kofferradio mit weißem Lederbesatz zum Besten gegeben wurden. Burgbacher, die Speckröllchen unter viel zu großen Badeshorts versteckt, hatte ihn neben einem der Startblöcke abgestellt. Auf diesem baute er sich nun auf, um sich mit einer gewaltigen Wasserfontäne kopfüber ins Becken zu stürzen. Doch er war noch nicht mal wieder aufgetaucht, als sich im Becken schon tumultartige Szenen abspielten. »Aufhören, Unverschämtheit!«, brüllten einige der Badegäste empört. Die meisten konnten aufgrund des Nebels allerdings nicht so recht sehen, was vor sich ging.

»Pah, Banausen!«, gab Edelbert ebenfalls empört zurück, schwamm nun als Einziger völlig unbeeindruckt weiter und setzte hie und da sogar stimmlich mit ein. Erst das gute Zureden seiner Freunde brachte ihn dazu, die musikalische Frühschwimmuntermalung abzustellen.

Klaus war sauer: »Mensch, Edi, wir wollen um keinen Preis auffallen, und du inszenierst hier ein Arienschwimmen.«

Doch Burgbacher hatte schon kein Ohr mehr für Klaus' Schelte, da ihn gerade die Damenriege erkannt hatte und mit großem »Hallo« in ein Gespräch verwickelte. Der Impresario durfte nach deren Meinung ruhig etwas exzentrisch sein.

»Ihre letzte Rolle als Romeo in *Es war die Lerche* war einfach umwerfend«, umgarnte ihn eine der Haubentaucherinnen.

»Ach ja?«, säuselte Edelbert zurück. Er liebte es, von seinen Fans umschwärmt zu werden – auch wenn er es nie zugegeben hätte. Und deren Alter war ihm in diesem Fall egal.

Hubertus war derweil schon wieder abgelenkt. Trotz

des lauten Schwatzens hörte er ein Stöhnen. Sein Blick fiel auf einen Mann am seitlichen Beckenrand, nur wenige Meter von ihnen entfernt. Zitternd hielt er sich am Rand fest. Hummel schwamm mit zwei, drei Zügen zu ihm.

»Hallo, Sie! Ist Ihnen nicht gut?«, fragte Hubertus schwer schnaufend.

Keine Antwort.

Der Mann mochte so um die sechzig Jahre alt sein. Er hatte kurz geschorene graue Haare und eine Stirnglatze. Sein Körperbau machte einen für sein Alter ungewöhnlich durchtrainierten Eindruck.

Als Hubertus gerade überlegte, ob er Bademeister Willy zu Hilfe rufen sollte, wiegelte der Mann ab: »Schon gut – es geht wieder. Es ist nur unangenehm, im selben Wasser wie ein Mörder zu schwimmen.«

»Ja, schlimm, was passiert ist«, stimmte Hubertus zu und fragte dann: »Waren Sie gestern auch hier, als die Frau tot im Wasser lag?«

»Ja«, schaute der Mann ihn nun an. »Ich habe den Tod nicht verhindern können …«

Hubertus begann es zu frösteln, was nicht nur am kühlen Freibadwasser lag, sondern vor allem am nächsten Satz seines Gegenübers: »Verstehen Sie?«, flüsterte der nämlich. »Ich habe es nicht geschafft. Der Mörder ist wieder im Wasser!«

Hubertus durchfuhr ein Gefühl, das irgendwo zwischen mulmig und panisch lag. Er betrachtete argwöhnisch die vorbeischwimmenden Gestalten, die er schemenhaft erkennen konnte: die Damen mit den Badehauben, den schweigenden Herrn Keller, den Schwarzwälder Mark Spitz, der wie ein Hündchen paddelte, die anderen Walrösser, die unaufhörlich prustend ihre Bahnen zogen, den französischen Bademeister Marke Jean-Paul Belmondo, die Bademeistergehilfen, welche die Durchschreitebecken säuberten, und Willy, der am Kneipptauchbecken beim Eingang werkelte.

»Und wer war der Mörder?«, fragte Hubertus und schob sich noch etwas näher an den Mann heran.

»Sind Sie Polizist?« Der Unbekannte betrachtete ihn nun misstrauisch. »Ich mag keine Polizisten.«

»Ich bin Privatdetektiv und ermittle in dem Fall.« Gerne hätte Hubertus seinen Ausweis gezeigt, den Martina in einer privaten Bastelstunde selbst angefertigt und ihm scherzhaft zu Weihnachten geschenkt hatte. Aber den hatte er zu Hause gelassen. Und außerdem hätte das Chlorwasser ihn wohl ohnehin zersetzt.

»Nicht hier, zu gefährlich!« Wieder dieser verschwörerische Blick.

»Dann sagen Sie mir doch bitte Ihren Namen, und geben Sie mir Ihre Telefonnummer«, bat Hubertus.

Der Mann zögerte, um dann aber doch zu antworten: »Dietmar Heimburger. Geben Sie mir lieber Ihre Nummer. Ich rufe Sie an.«

Hubertus war nicht wohl bei der Sache. Er gab ihm seinen Namen und wiederholte dreimal seine Handynummer in der Hoffnung, dass sein Gegenüber sich diese merken könnte.

Über den Lautsprecher ertönte eine Hummel wohlbekannte Stimme. Es war die von Willy, der verkündete, dass das Bad nun schließe.

Riesle schwamm jetzt, da sich der Zeuge Heimburger grußlos als Erster aus dem Becken machte und zu den Duschen lief, zu Hummel hinüber. Der setzte ihn sogleich über den geheimnisvollen Zeugen in Kenntnis.

»Wir sollten ihn sofort beschatten!«, forderte Klaus.

Doch Hubertus winkte ab: »Das macht keinen Sinn. Wenn der merkt, dass wir ihn verfolgen, dann sagt der uns überhaupt nichts mehr.«

»Ich habe aber auch was erfahren«, sagte Klaus. »Willy ist ganz schön sauer über die Bevormundung durch Kommissar Müller. Er lasse sich den Mund nicht verbieten, hat er zu mir gesagt.«

»Und?«

»Immerhin habe ich herausbekommen, dass die Polizei von einem Raubmord ausgeht«, triumphierte Klaus. »Der Toten ist nämlich offenbar von ihrem Mörder das Band mit dem Spindschlüssel vom Arm gezogen worden. Ihre Handtasche fehlt, Geldbörse und so weiter natürlich auch. Lediglich die Kleider hat er dagelassen. Und in der Hose haben sie die ID-Karte gefunden, auf der unter anderem die Diensttelefonnummer der Ermordeten stand.«

Hubertus dachte laut nach: »Aber wer bringt denn jemanden im Wasser um, statt einfach den Spind aufzubrechen und sich die Wertgegenstände herauszuklauen?«

»Das sollten wir deinen Freund Heimburger fragen«, antwortete Klaus. »Lass uns jetzt aber erst mal das Umfeld des Tatorts inspizieren. So sorgfältig scheint mir die Polizei nämlich nicht vorgegangen zu sein, wenn die heute Morgen schon wieder geöffnet haben.« Sein Tatendrang war kaum zu bremsen.

»Das dürfte schwierig werden, mein Lieber. Du kannst das ja nicht wissen, da du um diese Zeit immer noch schläfst: Das Bad schließt jetzt gleich für mindestens eineinhalb Stunden«, belehrte Hubertus.

Doch Klaus ließ sich nicht entmutigen: »Das reicht uns, um Indizien zu finden, wenn es welche gibt.«

7. SPUREN IM SAND

Kurz darauf war es schon wieder laut im Kneippbad. Die Sopranistin trällerte Tremoli in den höchsten Tönen. Edelbert brachte sich mit seiner üppig behaarten Brust auf dem Platz zwischen Kiosk und Umkleiden in Positur. Er schmetterte seinen Bass zum Duett, auch wenn es nur ein unechtes war – die Frauenstimme kam wieder aus seinem weißledernen Kofferradio. Die Bademeister hatten alle Hände voll zu tun, einige zornige Frühschwimmer zu beruhigen und davon abzuhalten, gegen Burgbacher handgreiflich zu werden. Die Damen hingegen klatschten Beifall.

Es dauerte fast zwanzig Minuten, bis es dem »Badeteam«, wie auf den knallgelben T-Shirts in großen Lettern stand, gelungen war, Edelbert mitsamt den anderen Badegästen hinauszukomplimentieren.

»Ein tolles Täuschungsmanöver«, freute sich Riesle mit einem breiten Grinsen. Edelberts Auftritt hatte ihnen Gelegenheit verschafft, sich rasch umzuziehen und sich dann zwischen Hecken und Pavillon zu verschanzen. Willy hatten sie nicht eingeweiht. Er hatte schon genug Ärger am Hals – und die anderen Bademeister hätten es sicher nicht zugelassen, dass sich Unbefugte außerhalb der Öffnungszeiten im Bad aufhielten.

Während das Badeteam also immer noch auf die wütende Horde einredete, schlichen Hummel und Riesle zwischen Begrenzungshecke und Schwimmbecken in Richtung der hinteren Liegewiese. Immer wieder mussten sich die beiden Gelegenheitsdetektive hinter den Büschen ducken, die das Schwimmareal umsäumten. Einmal warfen sie sich sogar zu Boden, da gerade einer der Hilfsbademeister mit einem Köfferchen am Schwimmerbecken niederkniete, um die Wasserqualität zu untersuchen.

Hubertus schüttelte sein schütteres Haupt. »Kannst du mir mal sagen, was wir ausgerechnet hier auf den Liegewiesen suchen?«, fragte er etwas schnippisch. »Schließlich ist der Mord doch im Becken geschehen!«

Klaus ließ sich nicht beirren. »Dein Zeuge hat doch behauptet, dass der Mörder heute im Becken war, richtig?«

Hubertus nickte.

»Versetzen wir uns also mal in die Lage des Mörders: Als er gestern die Frau im Wasser ertränkt hat, dürfte er danach wohl kaum in aller Seelenruhe zum Ausgang spaziert sein ...«

Hummel unterbrach seinen Freund: »Nein. Er ist erst zum Spind gelaufen, hat aufgeschlossen, die Wertgegenstände herausgenommen und ist dann zum Ausgang. Gerade das wäre doch die richtige Strategie gewesen, um so wenig wie möglich aufzufallen.«

»Unter normalen Umständen schon«, pflichtete Klaus bei. »Aber unser Mörder hatte leider mit unvorhergesehenen Schwierigkeiten zu kämpfen. Er wurde bei seiner Tat beobachtet. Also musste er sich schnell aus dem Wasser machen. Und da wäre es für ihn fatal gewesen, ganz allein an den Bademeistern vorbei durch die Drehtür zu spazieren.«

»Wenn ihm wirklich klar war, dass er bei dem Mord beobachtet wurde …«, merkte Hummel an, der noch nicht so ganz überzeugt war.

Endlich packte der Hilfsbademeister sein Köfferchen wieder zusammen und lief in Richtung Eingang. Da Hummel und Riesle am Zaun längs der Brigach nichts Auffälliges erkennen konnten, beschlossen sie, sich im hinteren Bereich der Liegewiesen umzuschauen. Doch auf dem Weg dorthin fiel ihnen der mit rot-weißen Plastikbändern abgesperrte Sandkasten neben dem Planschbecken auf.

Ehe Hummel sich's versah, hatte Klaus sich schon unter der Absperrung hindurchgebückt.

»Schau mal«, Klaus zeigte auf eine Stelle neben der hölzernen Spielburg. Hubertus folgte mit neugierigem Blick dem Fingerzeig seines Freundes. »Lloyd« war in großen Buchstaben mehrfach und deutlich im Sand abgedruckt. Die Spuren stammten offensichtlich von Sandalen oder Halbschuhen – und zwar mindestens der Größe 44.

»Die könnten von unserem Mörder sein«, vermutete Klaus.

»Wieso soll sich der Mörder ausgerechnet im Sandkasten herumgetrieben haben? Die Spuren könnten doch genauso gut von einem Familienvater stammen, der hier vor ein paar Tagen mit seinen Kindern gespielt hat«, wandte Hubertus ein.

Doch Klaus blieb bei seiner Annahme. »Erstens sehen die Spuren noch recht frisch aus. Zweitens war das Bad gestern geschlossen. Drittens hätte die Polizei dann wohl kaum den Sandkasten abgesperrt. Und viertens halte ich es für durchaus möglich, dass sich der Mörder nach seiner Tat hier erst einmal verschanzt hat.«

Hubertus widersprach nicht, doch ein stichhaltiger Beweis für diese Behauptung fehlte seines Erachtens. Allenfalls die Polizei oder Willy würde vielleicht darüber nähere Auskunft geben können. Da von der Polizei nichts zu erfahren war, beschlossen sie, es doch noch mal später telefonisch beim Bademeister zu versuchen.

Also ab nach Hause.

8. HERRENBESUCH

Hubertus trat in den sonnendurchfluteten Vorgarten seines idyllischen Einfamilienhauses. Sein Blick fiel auf die prächtigen roten und gelben Rosen, die ihre Köpfe nach der wärmenden Morgensonne reckten. Kein Zweifel, auch dem Hummel'schen Garten hatte die Rückkehr der Gattin ins traute Heim gutgetan.

Hubertus überfiel eine heftige Müdigkeit. Die kriminalistische Nebenbetätigung forderte ihren Tribut. Als er den Schlüssel in die Haustür steckte, beschloss er, eine Dusche zu nehmen und sich dann noch mal zu Elke ins eheliche Bett zu legen. Schließlich hatte er Ferien, und es war gerade einmal 8.30 Uhr ...

Mit einer Tasse Cappuccino stieg Hubertus, das Getränk laut schlürfend, über die knarzende Holztreppe in den ersten Stock des Hauses, wo alles noch zu schlafen schien. Er drückte den Griff der Badezimmertür nach unten, öffnete sie und trat ein.

Dann klirrte es laut. Hubertus' Tasse zerbrach in viele Teile, und der Cappuccino lief über den von Hummel vor allem mithilfe von Klaus einstmals selbst verlegten Terrakottaboden.

Hummel konnte kaum glauben, was oder vielmehr wen er da sah. Dietmar Bäuerle, sein angeblicher

Freund, saß auf Hubertus' Kloschüssel, trug Hubertus' Bademantel und las Hubertus' *Schwarzwälder Kurier*.

Didi schien überrascht, Hubertus war schlichtweg fassungslos: »D…D…Didi.«

Erst dieser schleimige Anwalt Bröse, dann der unsägliche Apothekerstadtrat Schulz und jetzt Didi. War Elke denn ihre Ehe überhaupt nichts mehr wert? War die ganze Versöhnung zu Weihnachten nur ein Possenspiel gewesen? Dabei hatte Hubertus doch das Gefühl gehabt, dass sich die Dinge zwischen ihnen wirklich gut entwickelt hatten.

Drei, vier Sekunden dauerte es, dann explodierte Hummel: »Raus aus meinem Badezimmer!«, schrie er den potenziellen Liebhaber seiner Frau an. »Und raus aus meinem Bademantel!«

Als er gerade dabei war, den nun splitternackten Bäuerle wie einen Hund die Treppe hinunterzujagen, stürmten Elke und Martina aus den Schlafzimmern.

»Hubertus Hummel!«, baute sich seine Ehefrau vor ihm auf. »Was soll denn dieses Geschrei so früh am Morgen?«

»Betrug!«, schrie Hummel mit hochrotem Kopf. »Du hast mich schon wieder betrogen!«

Jetzt schien Elke fassungslos. Martina schwankte zwischen Grinsen und sorgenvoller Miene. »Du meinst …« Elke rang nach Fassung. »Du meinst, ich hätte was mit Didi?«

Martina ließ eine Lachsalve los. Ihre Mutter schien das nicht ganz so lustig zu finden.

»Was denn sonst?«, fragte Hubertus aggressiv. »Was hat der Knilch denn sonst morgens um diese Uhrzeit in meinem Badezimmer zu suchen?«

Das »meinem« betonte Hummel dabei besonders demonstrativ. Das »Knilch« auch. »Wahrscheinlich hat er die ganze Nacht wie ein räudiger Kater in unserem Vorgarten gesessen und nur darauf gewartet, bis ich aus dem Haus war.«

Martina blieb nun fast die Luft weg vor Lachen. Und selbst Didi, der sich kurzerhand die Zeitung geschnappt hatte und als Sichtschutz vor den Unterkörper hielt, grinste jetzt.

Wie konnte der es nur wagen! »Kann mir vielleicht mal jemand erklären …« Hubertus konnte sich kaum noch beruhigen.

»Hubertus Hummel!«, setzte Elke endlich an, als sie wieder einigermaßen ihre Fassung gefunden hatte. »Diese Kriminalfälle machen dich wohl so langsam paranoid. Dietmar ist doch nicht meinetwegen hier, sondern wegen Martina.«

»M… M… M… Martina?« Jetzt schien Hummel endgültig unter die Stotterer zu gehen. Moment. Die war doch noch ein Kind. Ein unschuldiges … »Ja, sagt mir denn keiner mehr was in meinem Hause!« Das »meinem« betonte er schon wieder.

»Wenn du öfter in ›deinem‹ Hause verkehren würdest, dann hättest du vielleicht schon bemerkt, dass Didi Martinas neuer Freund ist!« Jetzt wurde Elkes Ton vorwurfsvoll.

Was sollte man davon halten? Zu Hubertus' Zeiten hatte man sich noch bei den Eltern des jungen Fräuleins vorgestellt und sich nicht einfach im Hause der Schwiegereltern in spe eingenistet und – ohne zu fragen – im Bademantel des Hausherrn die Zeitung des Hausherrn auf dessen Kloschüssel gelesen …

Abgesehen davon, würde er Didi anzeigen, Freund hin oder her. Schamlos hatte er sich an seine Tochter herangemacht, die Freundschaft zu ihm ausgenutzt. Das war bestimmt Verführung Minderjähriger – oder wenigstens irgendein anderer Straftatbestand!

Zwanzig Minuten später hatte sich Hubertus etwas beruhigt. Aber wirklich nur etwas. Dies lag zum einen daran, dass Didi und Martina das Haus verlassen hatten, weil sie bei irgendeinem Bekannten von Martina zum Frühstück verabredet waren. Vor allem aber, weil Hubertus gegenüber Elke nun ein schlechtes Gewissen hatte. Seine Eifersucht …

Sollte er es doch mal mit Yoga versuchen, wie ihm Elke unaufhörlich riet? Nein, das war doch eher etwas für Frauen. Vielleicht würde er aber mal verstohlen in eines dieser Ratgeberbücher schauen, die auf ihrem Nachttisch lagen. Fakt war: Irgendwie musste er sich besser in den Griff bekommen.

Didi hingegen hatte er völlig zu Recht beschimpft. Er nahm auch seinen Namen nicht mehr in den Mund, nannte ihn nur noch »den Hausmeister«. »Der ist genau doppelt so alt wie Martina!«, erläuterte er gegenüber Elke nochmals seine Empörung.

Allerdings machte ihn Elke darauf aufmerksam, dass seine Tochter nicht mehr sechzehn sei, sondern er ihr vor wenigen Monaten zu ihrer Volljährigkeit gratuliert habe. Und dass er sich außerdem freuen solle, dass sie einen Freund habe, den ja offenbar auch Hubertus zumindest jahrelang sympathisch gefunden habe.

»Ja!«, echauffierte sich Hubertus nochmals, während er bereits den dritten doppelten Espresso innerhalb einer halben Stunde hinunterkippte. »Vergangenheitsform! Ich fand ihn sympathisch. Es ist ja wohl auch etwas anderes, ob man sich ab und zu mit jemandem in der Kneipe trifft oder ob der Hausmeister einfach kommt und die eigene Tochter raubt! Ich werde mich bei seinem Vorgesetzten beschweren! Wer ist das eigentlich? Der Dekan wahrscheinlich! Genau: Ich werde zum Dekan gehen und sagen, er soll dafür sorgen, dass der Hausmeister seine Finger von meiner Tochter lässt – und von meinem Bademantel!«

Elke schüttelte weiter den Kopf: »Hubertus, du siehst das Ganze immer so negativ. Du bist immer noch zu unausgeglichen. Komm doch mal mit in meine Yogagruppe.«

Hummel beachtete seine Frau gar nicht. Er machte sich einen vierten doppelten Espresso. Zitterte er deshalb, oder lag es an den Neuigkeiten zum Liebesleben seiner Tochter? »Der Hausmeister! Der kann Martina doch nichts bieten«, sagte er.

»Hubertus«, ermahnte ihn seine Frau nun energischer. »Du bist intolerant.«

Der sah von seiner Kaffeetasse auf: »Ich? Ich bin hochgradig tolerant! Erst gestern Morgen haben wir wegen eines Bosniers einen Umweg von zehn Kilometern gemacht. Mir ist das doch egal: Theoretisch kann Martina auch einen Automechaniker, einen Müllmann oder einen Kebapbrater heiraten – aber nicht diesen Hausmeister!«

Elke wollte sich lieber nicht vorstellen, wie Hubertus reagieren würde, wenn ein Müllmann bei ihm um die Hand seiner Tochter anhalten würde, sagte aber nichts. Stattdessen meinte sie: »Hubertus, hier geht es nicht ums Heiraten. Martina ist noch nicht einmal mit der Schule fertig.«

Für Hubertus war heute alles Wasser auf seine Mühlen: »Eben. Wahrscheinlich lässt sie jetzt das Studium sausen, um mit in die Hausmeisterwohnung zu ziehen. Das werde ich verhindern – mit oder ohne Dekan!«

Elke schwieg. Sie nahm sich vor, Hubertus heute Abend unauffällig eines ihrer Ratgeberbücher aufs Kopfkissen zu legen …

Hummels Handy klingelte. »Das wird der Hausmeister sein«, schnaufte Hubertus. »Dem werde ich jetzt so richtig die Meinung geigen.«

Nein, es war Klaus. »Laut Telefonbuch wohnt Dietmar Heimburger in der Vöhrenbacher Straße«, wusste er zu berichten. »Los, lass uns dort hinfahren. Ich warte doch nicht eine Woche, bis der vielleicht mal anruft!«

9. ROTTWEILER IRRFAHRT

Wahrscheinlich war es ganz gut, von der Diskussion über Didi wegzukommen. Zehn Minuten später hupte Klaus vor Hubertus' Haustür. Dieser drückte Elke einen halb versöhnlichen, halb entschuldigenden Kuss auf die Nasenspitze, und weg war er.

»Du wirkst so aufgeregt«, sagte Klaus. »Gibt's Ärger zu Hause?«

»Nein. Ich habe zu viel Kaffee getrunken«, antwortete Hubertus. Die Neuigkeiten um Martina behielt er für sich. Klaus hätte sich nur gekringelt vor Lachen.

Oder wusste er es etwa schon? Er sagte jedenfalls nichts. Nur: »Ach so. Bei mir zu Hause läuft's nämlich nicht optimal. Ich werde mich heute Nachmittag mal um Kerstin kümmern. Sie ist böse, weil ich mich wohl dieser Claudia gegenüber zu wenig mitfühlend gezeigt habe …«

Die Fahrt dauerte gerade einmal drei Minuten. Als sie an der Tür des schmalen zweistöckigen Hauses klingelten, kam ein junger blonder, sehr magerer Mann heraus. Nein, Dietmar Heimburger wohne hier nicht mehr, meinte er.

»Haben Sie vielleicht eine neue Adresse?«, fragte Klaus überfreundlich nach.

»Warum wollen Sie das denn wissen?«, fragte der Mann misstrauisch zurück.

»Äh … wir schulden ihm noch etwas Geld«, fiel Hubertus so aufs Geratewohl ein.

»Das können Sie mir geben. Ich reiche es dann an meinen Vater weiter«, bot der Magere an.

»Das geht leider nicht«, fiel Klaus ein. »Wir bräuchten eine Unterschrift von Ihrem Herrn Vater.«

»Also gut. Moment«, sagte der Mann. Als er wiederkam, diktierte er den beiden eine Adresse. Heimburger wohne jetzt in Rottweil. Telefon habe er allerdings dort keines, ein Handy auch nicht.

»Jetzt auch noch nach Rottweil«, sagte Hubertus, als sie wieder im Wagen saßen. »Na gut, bringen wir's hinter uns.« Der Polizeifunk knarzte vor sich hin, schien heute aber nichts Erhellendes zu bieten.

»Schwenninger Straße 55. Weißt du, wo das ist?«, fragte Klaus.

»Schwenninger Straße wird logischerweise die Straße sein, die nach Schwenningen führt. Also kommen wir direkt darauf zu, wenn wir nach Rottweil reinfahren«, meinte Hummel.

Klaus steuerte den Kadett über die B 27.

»Wo geht's denn hier zur Schwenninger Straße?«, fragte Hubertus eine ältere Dame, als sie an der zentralen Straßenkreuzung in der Rottweiler Altstadt gelandet waren, von der aus man links das »Schwarze Tor« sehen konnte. Hinter ihnen hupten ungeduldige Autofahrer mit RW-Kennzeichen.

»Ha, jo, des isch ganz oifach«, meinte die Dame – ein sprechender Beweis dafür, dass man nun weiter ins Schwabenland vorgedrungen war.

Zwei Querstraßen weiter meinte Klaus: »Man sollte nie ältere Leute nach dem Weg fragen. Die erklären einem selbst einfache Dinge so umständlich, dass man glaubt, man müsse erst mal einen Sherpa mieten.«

Erst fünfundzwanzig Minuten später waren sie da. Die Hausnummer 55 fanden sie recht schnell, denn es war das mit Abstand größte Haus in der Straße: »Vinzenz von Paul Hospital gGmbH Rottenmünster« war auf dem großen Schild zu lesen. Hubertus und Klaus waren konsterniert.

Das Rottenmünster war Ende des 19. Jahrhunderts als »Irrenanstalt« gegründet worden. Heute war das Gebäude eine bekannte Fachklinik für Psychiatrie, Psychotherapie und Neurologie.

»Wahrscheinlich hat sich der Sohn vorhin geschämt zu sagen, dass sein Vater Psychiatriepatient ist«, folgerte Hubertus.

»Auch ein Psychiatriepatient kann aber einen Mord beobachtet haben«, wandte Klaus ein.

»Ja, wenn er nicht in einer geschlossenen Abteilung ist. Es sei denn, er ist aus einer solchen abgehauen«, stimmte Hubertus zu.

Ihre Versuche, Dietmar Heimburger zu sprechen, scheiterten. Der Patient sei seit zwei Tagen verschwunden, erklärte ein Pfleger den beiden.

Hubertus war verblüfft: Seit zwei Tagen, überlegte er.

»Was hat Herr Heimburger denn genau?«, wollte Klaus wissen.

»Zur Krankheit darf ich keine Auskunft geben. Erstens bin ich medizinisch nicht befugt, zweitens sind Sie keine Angehörigen, wenn ich es recht verstehe«, antwortete der vollbärtige, kräftige Mittdreißiger.

Hubertus und Klaus wagten für einmal nicht zu widersprechen.

Als sie wieder im Auto saßen, waren sie kaum schlauer als zuvor.

»Hat dieser Heimburger Hirngespinste, oder hat er den Mord wirklich gesehen und ist seitdem so verstört, dass er nicht mehr ins Rottenmünster zurückwollte?«, fragte sich Hubertus.

Klaus ging noch weiter: »Er sagte zu dir doch, der Mörder sei wieder im Wasser, und er habe Angst. Vielleicht war er ja selbst der Mörder! Auf die Polizei war er doch auch nicht gut zu sprechen!«

Hubertus spann den Faden weiter: »Okay, nehmen wir mal an, er ist der Täter, den es wirklich wieder an den Tatort zurückzieht. Wenn er heute Morgen das Kneippbad besucht hat, obwohl er da eigentlich schon im Rottenmünster überfällig war: Vielleicht taucht er morgen früh wieder dort auf?«

Klaus nickte: »Entweder wir gehen morgen wieder frühschwimmen, oder wir rufen Willy an und geben eine Beschreibung von Heimburger durch. Wenn er ihn sieht, soll er uns eben sofort anrufen. Ich glaube, das würde er schon machen.«

Hubertus tendierte eher zum zweiten Vorschlag: Nochmals um 6.30 Uhr im Bad sein – das war zu viel. Wahrscheinlich würde er bei seiner Rückkehr nach Hause dann wieder einen fremden Mann auf seiner Toilette antreffen …

10. PRESSERUMMEL

Die Kaffeetassen und -kännchen standen akkurat aufgereiht. Klaus Riesle und Bernd Bieralf betraten den steril wirkenden Raum, in dem gleich die Pressekonferenz der Polizei zum Freibadmord beginnen sollte – endlich!

Sehr kurzfristig hatte der Ö per Fax und Mail alle im Verteiler befindlichen Journalisten eingeladen – über hundert.

Die Tische waren zur einen Seite hufeisenförmig aufgereiht. Auf der anderen Seite stand ein Podium, an dem gerade Kriminalhauptkommissar Müller, der Ö, der Polizeidirektor sowie der unter anderem für die Spurensicherung zuständige Hauptkommissar Winterhalter Platz nahmen. Alle vier Beamten trugen Hemd und Krawatte, der Polizeidirektor einen Anzug.

Und das, obwohl es eng, ja geradezu stickig im Konferenzraum der Polizeidirektion war. Vierunddreißig Grad Celsius, vierzehn Uhr, es würde ein Jahrhundertsommer werden. Der Mord hatte einiges Aufsehen erregt und auch Mitarbeiter überregionaler Medien in den Schwarzwald gelockt. Vier Kamerateams hatten sich im Hintergrund postiert und das Podium fest ins Visier genommen. Die Kaffeeplätze waren auch schon belegt. Mindestens die Hälfte der Medienvertreter musste die PK, wie sie im Fachjargon hieß, im Stehen verfolgen.

Ebenso Klaus und Bernd, die sich seitlich postierten und einen arroganten Blick von Müller ernteten. Aber auch die meisten Journalisten hielten recht wenig voneinander – das war wohl eine Art Berufskrankheit. Es war fast wie auf einem Familientreffen, bei der man die Verwandtschaft nicht mag, sie aber halt doch immer wiedersehen muss.

Auch vor ihnen saß ein eher unangenehmer Bekannter: ein rothaariger, dicker Mann, dessen kariertes Sommerhemd bereits von großen Schweißschatten an Rücken und Achseln gezeichnet war. Steger, Norbert Steger. Klaus kannte ihn von diversen Terminen. Er schrieb für eine große Boulevardzeitung, deren Ausgabe vom Vortag er vor sich liegen hatte. »Der Freibad-Würger! Wo schlägt er als Nächstes zu? Mord im Ferienparadies Schwarzwald«, lautete die Überschrift des Aufmachers. Steger hatte ganz schön dick aufgetragen. Ohne das gerade beginnende Sommerloch und die reißerische Aufmachung wäre die Story wohl nie auf Seite 1 des Leib- und Magenblattes von Millionen Deutschen gelandet. Klaus war hin und her gerissen zwischen Verachtung und Bewunderung für diese Art von Journalismus.

Diese allerdings trug Steger gerade den Tadel des Polizeidirektors ein, der nun nach einem einleitenden Satz des Ö am Zug war.

»Liebe Vertreterinnen und Vertreter der Presse«, begann er seine Begrüßung und hielt das Boulevardblatt hoch. »Die heutige Pressekonferenz soll auch dazu dienen, derartige Auswüchse, Fehlinterpretationen und Panikmache durch die Medien zu verhindern.«

Ein ebenfalls etwas untersetzter Kollege vom Regionalradio klopfte Steger auf die Schulter. Der legte ein breites, hämisches Grinsen auf.

»Kommen wir zur Sache«, fuhr der Polizeidirektor fort. »Nach dem derzeitigen Stand der Ermittlungen unserer Soko ›Freibad‹ glauben wir, dass der Täter männlichen Geschlechts ist, denn eine Frau hätte eine solche Tat physisch kaum zustande gebracht. Außerdem gehen wir mit an Sicherheit grenzender Wahrscheinlichkeit davon aus, dass es sich hier um keinen Trieb- oder Serienmörder handelt, wie in der Presse teilweise behauptet, sondern um eine Einzeltat, die sich vermutlich nicht wiederholen wird.

Was für ein Deutsch: Klaus und Bernd blickten sich schmunzelnd an. Der bürokratische Polizeijargon fand nicht nur in den Pressemitteilungen deutlichen Niederschlag.

Der Direktor zog die Augenbrauen nach oben, seinen Blick anklagend auf den Boulevardjournalisten gerichtet. Den schien das aber nicht besonders zu beeindrucken. Er biss gerade kräftig in eine der viel zu dick bestrichenen Butterbrezeln, die ebenfalls auf den Tischen angeboten wurden.

Riesles Magen grummelte.

»Vielmehr geht die Polizei davon aus, dass es sich hier um einen Mord mit räuberischem Motiv handelt. Das Opfer Verena B. hatte ihre Wertsachen in einem der Freibadspinde verstaut. Ihr Mörder, der sie so lange unter Wasser gedrückt hat, bis sie ertrunken war, hat ihr ganz offensichtlich den Schließfachschlüssel abgenommen, um an die Handtasche aus ihrem Spind zu gelangen.«

Klaus' Blick schweifte in die Runde. Die Pressevertreter schrieben auf Ringblöcken oder Laptops eifrig mit, ebenso Bernd, der den Artikel für den *Kurier* verfassen musste. Klaus nicht, denn er hatte ja immer noch Urlaub, war eigentlich ganz privat hier. Sehr zum Verdruss von Kerstin.

»Was diese Annahme zusätzlich unterstützt, ist die Tatsache, dass der Täter offensichtlich auch die Wohnungsschlüssel des Opfers entnommen, die Wohnung kurz nach der Tat durchwühlt und verschiedene Wertgegenstände mitgenommen hat. Allerdings war er in großer Eile und hat deshalb – so vermuten wir – nur kleine Gegenstände entwendet.«

»Welche?«, dröhnte die erste Zwischenfrage.

»Wir gehen davon aus, dass es sich dabei um Schmuck, Geld und kleinere Elektrogeräte gehandelt hat.«

»Kleinere Elektrogeräte?«, bat Klaus mit fester Stimme um Erläuterung.

»Wir haben mit den Angehörigen der Frau Rücksprache genommen. Sie glauben, dass ein Radiogerät, ein elektronischer Timer sowie der Anrufbeantworter fehlen. Der Täter hatte offenbar keine Zeit, weitere, auch größere Gegenstände mit sich zu nehmen.

Das leuchtete Klaus durchaus ein. Klar, der Täter musste davon ausgehen, dass man die Leiche im Bad sehr bald entdecken, ihre Identität herausfinden und ihre Wohnung aufsuchen würde.

»Nähere Einzelheiten teilt Ihnen jetzt Hauptkommissar Müller von der Kripo Villingen-Schwenningen mit. Er ist der Leiter der Soko ›Freibad‹«, leitete der Direktor über.

Müller ließ zunächst Material verteilen. Seine Sekretärin Hirschbein wühlte sich auch bei diesem heißen Sommerwetter, einen Stapel voll Mappen auf dem Arm, mit hochgeschlossener Rüschenbluse durch das dichte Gedränge des Presseraums.

Riesle und Bieralf nahmen sich eine der Mappen und schlugen sie auf. Darin befanden sich ein Text, der den Inhalt der Pressekonferenz wiedergab, sowie ein Foto mit einem »Lloyd«-Fußabdruck auf Sand, der Klaus und Hubertus im Kneippbad aufgefallen war. Riesle schaute gelangweilt, denn was nun folgte, hatte er bereits bei einem weiteren Anruf bei Willy erfahren, der sich zunächst abermals über Müller ausgelassen hatte.

Die Polizei vermutete tatsächlich, dass der Täter über den Spielplatz geflüchtet war und dort die Fußabdrücke hinterlassen hatte. Müller forderte die Presseleute auf, das Foto zu veröffentlichen und um »sachdienliche Hinweise« zu bitten.

»Wir sind guter Hoffnung, den Täter bald dingfest zu machen, zumal er noch weitere Spuren am Tatort hinterlassen hat«, setzte Müller seinen Vortrag in überzeugendem Ton fort.

Jetzt wurde auch Klaus neugierig.

»Unter den Fingernägeln und zwischen den Zähnen des Opfers haben wir Haut- und Gewebepartikel gefunden, die nur vom Täter stammen können. Verena B. muss sich verzweifelt gegen den Täter zur Wehr gesetzt haben. Der Leiter unserer Spurensicherung, Kriminalhauptkommissar Winterhalter, geht davon aus, dass wir daraus einen ›genetischen Fingerabdruck‹ herstellen können!«

Müller übergab wieder an den Ö, der nun die Fragerunde eröffnete.

Klaus war natürlich der Erste: »Kriminalhauptkommissar Müller! Könnte es sein, dass der Täter aus dem unmittelbaren Umfeld des Opfers stammt? Wenn ja, dann müsste der Täter über die DNA ja problemlos gefasst werden können, oder?«

»Herr Riesle« – Müllers Ton wurde nun unfreundlich –, »wir von der Kripo sind ja keine Anfänger.«

»... wie gewisse auf eigene Faust ermittelnde dilettantische Privatdetektive«, lag Riesle auf der Zunge. So wäre der Satz wohl weitergegangen, hätten er und Müller sich nicht bei einer Pressekonferenz, sondern unter vier Augen unterhalten.

»Sie können getrost davon ausgehen, dass wir die Personen im Umfeld des Opfers bereits auf Alibi und etwaige Wunden überprüft und ihnen auch Speichelproben entnommen haben.«

»Und? Was ist dabei herausgekommen?«, ließ Klaus nicht locker.

»Bislang noch nichts!«, antwortete Müller fast schon patzig. »Niemand aus dem unmittelbaren Umfeld kommt derzeit als Täter infrage. Wie schon gesagt: Es war vermutlich ein Raubmord!«

»Wir sind trotzdem sehr zuversichtlich«, erläuterte der Kommissar weiter. »Irgendwann werden wir den Täter fassen – wie Sie wissen, wird die DNA mit allen bereits in Erscheinung getretenen Straftätern abgeglichen.«

Dann schaute er auf seine Uhr. Ihm war die Pressekonferenz unangenehm, und er fühlte sich wieder einmal darin bestätigt, dass Journalisten ihm nur die Zeit raubten.

Jetzt schaltete sich der glatzköpfige Kollege von der dpa ein, der ebenfalls einen Anzug trug. »Können Sie sich sicher sein, dass der Mann nicht schon bald wieder zuschlägt, wenn es keinen persönlichen Bezug gab?« fragte er.

Müller wurde immer ungehaltener, was dem Polizeidirektor nun sichtlich unangenehm war. Denn er war peinlich um eine gute Presse bemüht. Da schickte es sich nicht, wenn ein Beamter so unwirsch mit den Medienleuten umging.

»Natürlich können wir das nicht generell ausschließen. Aber wie gesagt: Es deutet nichts darauf hin, dass eine Raubmordserie daraus wird«, antwortete Müller genervt. Im Gegensatz zum Polizeidirektor mochte er es auch überhaupt nicht, im Visier der Fernsehkameras zu sein. Und die Fotografen störten ihn genauso – vor allem der kleine von der dpa, denn der hatte ihn nun schon etwa achtzig Mal innerhalb von zehn Minuten abgelichtet.

Müller schloss deshalb die Veranstaltung auf eigene Faust. »Wir halten Sie auf dem Laufenden, meine Damen und Herren. Vielen Dank.«

Der Polizeidirektor schaute völlig perplex und zog nochmals das Tischmikrofon an sich, um wenigstens ein »Vielen Dank für Ihr Kommen« hinterherzuschieben.

Aber die meisten Medienleute gaben sich damit nicht zufrieden. Sie stürzten hektisch zum Podium, um den Protagonisten ihre Mikrofone, Diktiergeräte und Schreibblöcke unter die Nase zu halten.

Klaus wäre fast geneigt gewesen, sich auch ins Getümmel zu stürzen. Aber Bernd hinderte ihn daran und zog ihn am Arm: »Komm mal mit. Ich muss dir noch etwas zeigen.«

11. CASSATA UND SPAGHETTIEIS

Als sie draußen vor dem Haupteingang standen, meinte Bernd: »Los, essen wir ein Eis.« Sie gingen nach draußen und setzten bald ihren Weg unter den Schatten spendenden großen Bäumen entlang der historischen Villinger Stadtmauer fort. Klaus überlegte: Den langjährigen Lebensgefährten der Getöteten würde man sich auch sehr bald vorknöpfen müssen. Andererseits würde die Polizei diesen sicher schon nach einer Speichelprobe gefragt haben, denn er gehörte zweifelsohne zum »unmittelbaren Umfeld« der Ermordeten.

Drei Minuten später durchquerten sie das Riettor, eines der drei verbliebenen Stadttore aus der Zähringerzeit, und waren nun in der Fußgängerzone. Im Eiscafé ergatterten sie einen der wenigen freien Tische. Um sie herum löffelten und schleckten kleine Kinder viel zu große Eisbecher.

Bernd machte sich offenbar keine Sorgen um irgendwelche Zuhörer – er zog, nachdem er ein Spaghettieis geordert hatte, ein Stück Papier hervor. »Ich glaube kaum, dass es sich bei Verena Böck um einen Raubmord gehandelt hat. Da fehlt mir die Logik, warum man ausgerechnet bei ihr besondere Wertgegenstände vermutet hätte. Aber hier, schau dir das mal an.«

Es war ein handgeschriebener Brief auf blutrotem Papier. »Deine Worte waren für mich wie ein Licht in der Finsternis, wie eine Rose an einem trüben Wintertag«, las Klaus leise vor sich hin. Und so weiter. Er zuckte mit den Schultern. Dann schaute er auf den Umschlag: »SC – 04873«.

»Der Brief war in einem der Fachbücher, die ich mir im Büro von Verena ausgeliehen habe. Auch solch trockene Materie kann durchaus delikate Geheimnisse bergen.«

Klaus verstand nur Bahnhof. »Hä?«

Bernd lockerte genüsslich einen Knopf an seiner Weste, denn natürlich war er auch heute wieder bestens gekleidet zur Pressekonferenz erschienen. »Dreh den Brief mal um«, riet er dann.

Auf der Rückseite stand mit schwarzem Kugelschreiber geschrieben: »Das Licht wird bald verlöschen, die Rose zertrampelt werden.« Klaus war zwar kein Grafologe, vermutete aber, dass es sich hier um eine Frauenschrift handelte. Die wohlgesetzten Worte auf der Vorderseite schienen hingegen männlichen Ursprungs zu sein …

»Ich bin mir sicher, mit diesem Brief lösen wir den Fall«, glaubte Bernd.

»Moment mal«, sagte Klaus und nippte an seinem Eiskaffee. In seinem Kopf arbeitete es. »Wann hast du den Brief entdeckt?«, fragte er.

»Gestern Abend – ich musste noch etwas für die FH vorbereiten und habe dazu das Buch benötigt«, meinte

Bernd. Er schien bester Laune und lehnte sich entspannt in dem weißen Stuhl zurück.

Riesle kam nicht ganz mit. »Der Liebesbrief war also an Verena gerichtet. Dann war sie diejenige, die diese komischen Anmerkungen auf der Rückseite gemacht hat? Entweder aus einer Vorahnung heraus oder nachdem sie den Typen getroffen hat. Muss ja eine ganz schöne Enttäuschung gewesen sein. Und später hat sie den Brief in eines ihrer Fachbücher gelegt.«

Bernd nickte. »Vermutlich.«

»Und was ist ›SC – 04873‹ – etwa die Autonummer des Briefschreibers?«

Bernd beugte sich wieder nach vorne: »In Deutschland gibt's solche Nummern nicht.«

Riesle überlegte: »Eine Schweizer Nummer vielleicht. Schaffhausen?«

Bernd schüttelte den Kopf: »Schaffhausen hat SH. Was könnte es noch sein?« Er schien genau Bescheid zu wissen – und genoss es.

Riesle dachte angestrengt nach. Die Hitze hinderte ihn aber daran, obwohl einer der Sonnenschirme des Cafés sie vor dem Schlimmsten bewahrte. »Vielleicht eine Telefonnummer?«

Bernd nickte. »Du meinst, S.C. könnten die Initialen desjenigen sein, von dem der Brief stammt? Aber eine Telefonnummer mit einer 0 am Anfang? Klar, das könnte die Vorwahl sein; aber dann bleibt kein Platz mehr für die eigentliche Nummer.«

Klaus ließ seiner Phantasie weiter freien Lauf. »Oder

SC steht für den SC Freiburg – und 04873 ist die Nummer der Dauerkarte …«

Bernd wurde ein kleines bisschen ungeduldig, genoss aber das Spiel dennoch weiter: »Fällt dir noch was ein?«

Riesle schaute die Fußgängerzone entlang, in der sommerlich gekleidete Menschen, darunter auch einige Touristen, es kaum erwarten konnten, in den Bereich der nächsten Schatten spendenden Häuserfront der verwinkelten historischen Innenstadt zu gelangen.

Er dachte ja wirklich angestrengt nach, aber … Mit einem Auge beobachtete er die weiteren Besucher des Eiscafés. Junge, Ältere, ein Pärchen küsste sich. Moment, dieses Pärchen kannte er. Nein, er kannte die beiden Personen, aber als Pärchen …? Das war doch Martina, die Tochter seines Freundes Hubertus. Und der andere? Didi Bäuerle, der Hausmeister der Münsterpfarrei? Klaus schüttelte den Kopf, um zu sich zu kommen.

Hatte er einen Sonnenstich?

Dann grinste er, ließ den verdutzten Bernd mit einem »Bin gleich wieder da« zurück und lief die vier Tische weiter zu den Turtelnden, die ihn bislang nicht bemerkt hatten: »Was ist denn hier los?«

Beide zuckten zusammen. Martina grinste kokett, Didi wirkte eher etwas verunsichert. »Mensch, Klaus! Wenn Hubertus sieht, dass du mit uns redest, kriegst du Ärger.«

Riesle ließ sich über den Toilettenvorfall im Hause

Hummel informieren, während sein Grinsen immer breiter wurde. Kurz darauf kam er wieder an Bernds Tisch zurück, der sich mittlerweile ein weiteres Eis – und zwar eine Cassata – auf Klaus' Rechnung bestellt hatte.

Riesle entschuldigte sich kurz und meinte dann: »Die Tochter meines Freundes Hubertus. Sie ist jetzt mit einem unserer gemeinsamen Freunde zusammen – und das sorgt für reichlich Ärger, nicht nur wegen des Altersunterschieds …«

Jetzt grinste auch Bernd. »Kann ich mir vorstellen.«

Klaus beruhigte sich wieder: »Das freut mich für die beiden. Didi ist ein netter Kerl – und er hatte schon länger keine Freundin mehr. Hubertus hat aus Spaß zu Didis letztem Geburtstag sogar eine Kontaktanzeige in seinem Namen beim *Kurier* aufgegeben. Muss ja nicht immer das Internet sein … Tja, hätte er wohl nicht gedacht, dass Didi jetzt mit seiner eigenen Tochter …«

Bernd unterbrach schmunzelnd: »Sehr gut, Klaus! Was hast du eben gesagt?«

»Ich sagte, dass Hubertus wohl nicht …«, wiederholte Riesle, doch dann fiel der Groschen: »Kontaktanzeige!«

Bernd zog den Brief wieder aus seiner Westentasche und tippte mit dem Finger auf die Buchstaben. »Genau! SC ist das Kürzel für die Schwenninger Geschäftsstelle des *Kuriers*! Und ›SC – 04873‹ ist eine Chiffrenummer. Verena hat vermutlich Bekanntschaftsanzeigen aufgegeben!«

Klaus war baff. »Stimmt, das könnte sein. Claudia sagte doch auch, sie habe den Eindruck, dass sie außer diesem Frank noch weitere Liebesenttäuschungen habe einstecken müssen. Schade, dass die Geschäftsstelle des *Kuriers* jetzt schon zuhat, sonst könnten wir da gleich mal nachfragen. Oder hast du das schon erledigt?«

Der Kollege schüttelte den Kopf, während Klaus sich nochmals den Brief vornahm.

»Weißt du, was mir auffällt? In dem Text steht kein bestimmter Frauenname drin. ›Liebste Verena‹ – oder so. Klar, beim ersten Kontakt. Vielleicht hat sie in der Anzeige gar nicht ihren echten Namen angegeben. Aber dieser Antwortbrief könnte doch genauso gut für Claudia bestimmt gewesen sein – schließlich war das auch ihr Büro, in dem du die Bücher ausgeliehen hast«, gab Klaus zu bedenken.

Beide überlegten. Dann meinte Riesle: »Da hilft nur eines: Wir müssen sie fragen.«

Bernd schüttelte den Kopf. »Ich sehe Claudia zwar heute Abend, aber wir können wirklich nicht auf sie zugehen und sagen: ›He, gibst du Kontaktanzeigen auf?‹ Kann aber sein, dass sie einen Mann sucht.«

Klaus staunte: »Wie, heute Abend? Bist du mit Claudia verabredet?«

Bernd schmunzelte und schaute dann in sein Spiegelbild, das er verzerrt auf dem versilberten Unterteller sah, auf dem die Cassata serviert worden war »Gewissermaßen. Heute Abend ist doch ›Spring Break‹!«

Das jedes Jahr Ende Juni stattfindende Riesenfest

rund um die Polizeifachhochschule führte Studierende aller Fachrichtungen und der drei Hochschulen FH, Polizei-FH und Berufsakademie zusammen. Ein idealer Rahmen zur Recherche, dachte sich Klaus.

Und er hatte auch schon eine Strategie im Kopf: »Einer von uns nimmt diesen Brief, läuft hinter Claudia her und sagt ihr, sie habe den wohl gerade verloren. Je nachdem, wie sie reagiert, wissen wir, ob er ihr gehört oder nicht und ob sie überhaupt davon weiß.«

Bernd stimmte zu: »Wenn das nicht klappt, kannst du ja immer noch versuchen, an ihre Handschrift sowie an die von Verena zu kommen. Daran müsste man's ja auch sehen.« Dann zögerte er: »Die weitere Recherche überlasse ich gerne dir und deinem Freund. Offiziell halte ich mich da raus. Meine Bedingung ist nur: Haltet mich auf dem Laufenden. Ich gebe Claudia den Brief sicher nicht.«

Klaus musste nicht lange überlegen. Das sollte Hubertus tun – denn den kannte Claudia nicht oder jedenfalls nur flüchtig. Allerdings gab es noch eine bessere Möglichkeit. Er blickte hinüber zu Martina und Didi, der gerade am Ohr seiner Liebsten knabberte. Klaus stand wieder auf und ging abermals zum Tisch der beiden, um Didi zu eröffnen: »Du kannst dich heute Abend nützlich machen und so deinen potenziellen Schwiegervater vielleicht wieder etwas versöhnlicher stimmen.«

12. SPRING BREAK

Die Polizeifachhochschule lag, wenn man aus Richtung Villingen kam, am Ortseingang Schwenningens auf einem grünen Hügel. In den achteckigen hellbraunen Türmen mit Schindelfassade, die wie Bienenwaben aussahen, wohnten die studierenden Polizisten. Das Hauptgebäude war demnach der Sitz des Bienenkönigs, denn hier befanden sich Rektorat und Verwaltung. Die Türme waren durch verglaste Gänge miteinander verbunden. In einem der Nebengebäude, die allesamt eine graue Holzfassade hatten, war die Cafeteria. Auf dem Vorplatz stand ein klobiger Granitblock, aus dem Wasser sprudelte.

Im Innenhof spielte sich der Großteil der Party ab, an der weit über tausend Studenten und zahlreiche Dozenten teilnahmen. Ein sicher wichtiges Ereignis, doch die Musik war entschieden zu laut. Fand jedenfalls Hubertus, der zusammen mit Klaus, Kerstin und Elke mit Bowlegläsern in der Hand am Rande des Festplatzes stand. Klaus lehnte mit einem Arm an einem eisernen Pfahl, an dem Wegweiser angebracht waren – sie zeigten in alle Himmelsrichtungen, überall dorthin, wo sich die ausländischen Partnerakademien befanden.

Sie kamen sich etwas deplatziert vor. Der Altersdurchschnitt war eindeutig unter dem ihrigen, und außerdem war es heiß. Lediglich Martina und Didi schien es zu freuen, hier und damit beieinander zu sein. Sie hielten Händchen, was Hubertus missmutig beäugte.

Ein beschwörender Anruf von Klaus hatte zwar keine Wunder bewirkt, aber Hubertus immerhin so weit besänftigt, dass von seiner Seite wohl mit keinen Übergriffen zu rechnen war. Martina hatte erklärt, sie wolle unbedingt an der Party teilnehmen, denn möglicherweise wolle sie nach dem Abitur an der Schwenninger Fachhochschule studieren. Was, das wisse sie allerdings noch nicht genau.

Hubertus schaute sich um. Das Ganze hier ging ihm auf den Geist. Wären nicht die Ermittlungen gewesen …

Elke stupste ihn an: »Huby, du weißt doch: Positiv denken ist wichtig.«

Kurz darauf kam Bernd bei Klaus vorbei, hatte aber so gut wie keine Zeit, da er mit einem schnauzbärtigen Mann unterwegs war, der – wie er selbst – einen Anzug mit Weste und Krawatte trug und einen wichtigen Eindruck machte. »Ich habe Claudia gesehen«, sagte Bernd nur kurz und deutete in die Richtung, in die das Hinweisschild »Policejní Akademi ČR, seit 1998« und die dazugehörige Landesflagge der Tschechischen Republik wiesen.

Claudia war etwa fünfzig Meter weiter in ein Gespräch vertieft. Klaus zeigte Didi die Wirtschaftswissenschaftlerin, gab ihm den Brief und schärfte ihm ein, möglichst zu warten, bis er sie kurz alleine sprechen könnte.

»Wo ist eigentlich der Exfreund der Toten, dieser Frank? Der müsste doch auch hier sein«, mischte sich Hubertus ein.

»Komm«, forderte Klaus seinen Freund auf, nachdem er sich aufmerksam umgeschaut hatte. »Der eine da hinten könnte es sein. Leider sehen die Typen einander ziemlich ähnlich und haben alle die gleiche Kurzhaarfrisur.«

Zumal Riesle sich anhand von Franks Foto auf der Internetseite von dessen Lehrstuhl nicht ausreichend sicher war.

Hummel plagten andere Sorgen. Als Didi gerade zwei Minuten weg war, hatte sich bereits ein Student an Martina herangemacht: »He, Erstsemesterin, oder? Lass uns eine Schlammbowle trinken!« Er versuchte, den Arm um sie zu legen.

Hubertus lief auf den jungen Mann zu: »Hier wird überhaupt nichts getrunken! Was fällt Ihnen ein, sich an meine Tochter heranzumachen? Die hat bereits einen Freund!«

Martina war die Intervention ihres Vaters sichtlich peinlich, Elke und Kerstin schmunzelten dafür umso mehr. »Siehst du, Hubertus«, freute sich Elke. »Schon hast du dich an Didi gewöhnt.«

Hummel und Riesle näherten sich unauffällig dem Quartett von Wirtschaftswissenschaftlern, das darüber fabulierte, dass dem ostasiatischen Markt die Zukunft gehöre und man ohne längeren Aufenthalt im Ausland sowie die Beherrschung von mindestens vier Sprachen heutzutage auf dem Arbeitsmarkt keine Chance mehr habe.

Gerade als sie sich wieder unauffällig entfernen wollten, kam ein weiterer junger Mann auf die Gruppe zu. Er war ähnlich elegant gekleidet – allerdings merkte man ihm den Alkoholkonsum an. Er versuchte, sich ins Gespräch einzubringen, wurde aber von einem der Männer daran gehindert. »Geh weg. Du hast viel zu viel geladen!«

»Frank, du hast mir schon mal gar nichts zu sagen!«, antwortete der Betrunkene. Er schwankte leicht.

Aha – es war also Frank. Dann musste die Blonde, die sich an ihn schmiegte, die Nachfolgerin von Verena Böck sein.

Hubertus und Klaus versuchten, sich der Gruppe noch mehr zu nähern, um gegen die wummernden Bässe anzukommen. Michel Telós *Ai Se Eu Te Pego* lief gerade, was die johlende Studentenschar in noch größere Verzückung versetzte: »Nossa, Nossa.«

Frank schob den Mann zur Seite. »Ich sagte: geh weg.«

Dieser stieß Frank nun von hinten an: »Dass du hier noch einen auf selbstbewusst machst, mein Lieber«, lallte er.

Der eigentlich schon wieder in ein Gespräch mit seinen Kollegen vertiefte Exfreund des Mordopfers wandte sich widerwillig erneut an ihn. »Was ist?«

»Weiß doch jeder, dass du deine Diss nicht selbst geschrieben hast. Ich weiß es schon lange«, rief der Mann weiter.

Frank wurde wütend: »Ich würde dir gut raten, so etwas nie mehr zu behaupten, Thomas. Einmal noch, und ich schalte meinen Anwalt ein.« Er ging weg und stieß noch ein verächtliches »Suffkopf« aus. Die anderen aus der Gruppe schauten sich betreten an

Klaus wollte dem Wütenden nachsetzen, doch Hubertus hielt ihn zurück. »Wir sollten uns lieber dem Besoffenen widmen.«

Sie spendierten diesem ein Glas Bowle und befragten ihn. Viel war aus dem Angetrunkenen allerdings nicht mehr herauszubringen.

»Sind Sie sich sicher, dass er seine Doktorarbeit nicht selbst geschrieben hat?«

Er sah sie nur mit glasigen Augen an.

Klaus versuchte es weiter: »Halten Sie es für möglich, dass er oder seine Geliebte, diese Irene, Verena haben beseitigen lassen? Vielleicht weil sie zu viel davon wusste?«

»Du kannst mich duzen«, war die einzige Antwort, die der Mann parat hatte. Dann erbrach er sich vor den entsetzten Blicken der umstehenden Partygäste auf die Wiese.

13. MORGENSTERN

Der Oberbürgermeister von Villingen-Schwenningen war eigentlich kein Partylöwe, aber an der Eröffnung des alljährlichen »Spring Break« kam er einfach nicht vorbei. Schließlich waren die Hochschulen der Stadt wichtig, einige der Studenten potenzielle Wähler und außer ihm noch zahlreiche Gemeinderäte vor Ort. Ohnehin würde er nicht lange bleiben können, denn er hatte das Los eines jeden Rathauschefs: Pro Abend musste man sich gleich auf mehreren Veranstaltungen sehen lassen.

Nach dem »Spring Break« würde es wieder nach Villingen gehen, wo in der neuen Tonhalle der »Deutsche Schlaraffen-Tag« gefeiert wurde. Er hatte sich über die Organisation eigenhändig bei einem der örtlichen Oberschlaraffen informiert und wusste, dass er einen zumindest einigermaßen originellen Vortrag würde halten müssen. Kein Problem: Kulturelle Termine waren ohnehin sein Steckenpferd. Deshalb hatte er für die »Schlaraffen« ein dadaistisches *Galgenlied* von Christian Morgenstern einstudiert. Ganz textsicher war er aber noch nicht. »Lalu-Lalu-Lalu-La«, murmelte er vor sich hin, als er an der Pforte der Polizei-FH vorbeikam. Oder hieß es in dem Gedicht »Lula-Lula-Lula-Lu«?

Auf dem Gelände dröhnte laute Musik, doch im Allgemeinen ging es noch recht gesittet zu. »Lalu-Lalu-Lulu«, murmelte der OB weiter und schaute auf seine Uhr. Ja, er war noch halbwegs pünktlich, aber wie sollte er den Präsidenten der FH finden? Und diese Hitze! Vielleicht hätte er doch nicht mit dem Fahrrad von Villingen nach Schwenningen fahren sollen.

Er brauchte dringend eine Abkühlung. Etwas kaltes Wasser würde Wunder wirken. Wo war hier gleich wieder die Toilette? Ah, hier war ein Schild.

»Guten Tag, Herr Oberbürgermeister«, grüßte ein blonder Kerl freundlich, der vor dem Eingang des WC stand. Mit einem zerstreuten »Lulu« grüßte er zurück und überlegte, woher er ihn kannte. War das nicht der Hausmeister des Münstergemeindezentrums – oder verwechselte er ihn da? Egal. Man konnte sich schließlich nicht alle Einwohner merken.

Der OB trat ins stille Örtchen ein und hielt erst einmal seinen Kopf unter den Wasserhahn, wobei seine ovalen Brillengläser nass wurden. Er nahm die Brille ab.

Dann blickte er sich um und kniff die nun unbebrillten Augen zusammen. Dass es dem Land Baden-Württemberg nicht besser als ihm und seiner in ziemlichen Finanznöten befindlichen Stadt ging und es sparen musste, war ihm klar. Dass aber jetzt sogar die Pissoirs in den Toiletten der Hochschulen wegrationalisiert worden waren, wunderte ihn schon.

Er kniff nochmals die Augen zusammen und setzte

die Brille wieder auf, konnte jedoch immer noch nicht viel sehen, da diese jetzt beschlagen war.

»He, das ist eine Frauentoilette!«, wurde er von einer keifenden weiblichen Stimme aufgeklärt. »Das ist ja wohl typisch Mann! Jetzt okkupiert ihr auch noch unsere letzten Freiräume!« Dem Jargon nach musste es sich wohl um eine Sozialpädagogikstudentin der Berufsakademie handeln.

»Ul-ul«, antwortete der OB, um sich dann endlich wieder zu konzentrieren. Dieser verdammte Morgenstern! Er tastete sich zum Handtuchhalter, wischte die Brille ab, setzte sie auf und blickte die Studentin an: »Entschuldigen Sie vielmals. Keineswegs wollte ich …«

Wie peinlich! Gedanken schossen ihm durch den Kopf: Wenn ihn jetzt sein ärgster Widersacher, der Stimmenkönig der Gemeinderatswahl, sehen würde, wie er in einer Damentoilette stand … Sicher würde der einen polemischen Leserbrief darüber im *Kurier* platzieren.

Der Oberbürgermeister wollte gerade zu einer Erklärung ansetzen, doch die Studentin – sie trug eine Nickelbrille und Birkenstock-Sandalen, wie er jetzt sehen konnte – beachtete ihn nicht weiter und ging in eine der Kabinen. Noch ehe das Stadtoberhaupt das stille Örtchen verlassen konnte, stieß sie einen schrillen Schrei aus. Und wie! »Hilfe! Schnell!«

Der OB folgte ihrer Aufforderung. Schon wieder glaubte er seinen Augen nicht zu trauen: In der Toilette lag eine regungslose Frau! Die Nickelbrillenstudentin krallte sich am Türrahmen fest. Sie war leichenblass.

Nach dem Schrei war auch der vor der Toilette wartende Blonde hineingestürmt – offenbar hatte die Musik gerade Pause.

»Verdammt«, sagte der Mann, als er die Tote sah.

14. ENDE EINER PARTY

Hummel und Riesle waren mittlerweile zu hartem Alkohol übergegangen. Den drei oder vier Gläsern Bowle hatten sie zwei Caipirinha folgen lassen. Blieb noch zu klären, wer später das Auto steuern sollte, denn von einem Fest in der Polizeifachhochschule alkoholisiert nach Hause zu fahren war wohl kaum angebracht. Gerade als sie dabei waren, Kerstin und Elke schonend die Tatsache beizubringen, dass sie bereits fahruntüchtig waren, stürmte Didi wild fuchtelnd auf sie zu.

»Und? Was hat sie zu dem Brief gesagt?«, fragte Klaus geradeheraus.

Doch Didi war völlig außer Atem: »Tot ... Toilette ...«

Mit den Wortfetzen konnten sie nicht viel anfangen. Bäuerles Gesicht war von kleinen Schweißtröpfchen übersät und wies eine leichte Rötung auf.

Hubertus versuchte, sich einen Reim auf die Andeutung zu machen. »Du bist Claudia auf die Toilette gefolgt, richtig?«

Martina legte ihren Arm um Didis schweißnassen Nacken, was bei ihrem Größenunterschied nicht gerade einfach war. Es schien aber zu wirken.

Didi nickte: »Ja … das heißt: Ich bin ihr zur Toilette gefolgt und wollte ihr den Brief zeigen, wenn sie herauskommt.«

»Und? Was hat sie dazu gesagt?«, fragte Hubertus.

»Das ist es ja gerade! Dazu kam es nicht mehr. Irgendwann hörte ich einen lauten Schrei, bin in die Damentoilette gestürmt … und da lag sie regungslos in einer der Kabinen.«

»O Gott! Was ist mit ihr?«, fragte Kerstin ängstlich.

Als erfahrener Feuerwehrmann verfügte Didi über eine Sanitäterausbildung. Deshalb hatte er sich sofort um die Frau bemüht und konnte jetzt detailliert Auskunft geben.

»Ich habe Puls und Atem überprüft: nichts! Dann habe ich versucht, sie wiederzubeleben …« Er stockte, fasste sich dann aber wieder: »Aber da war nichts mehr zu machen.«

»Verdammt! Schon wieder eine Tote! Und das fast vor unseren Augen«, fluchte Klaus.

Kerstin brach in Tränen aus. Elke nahm sie tröstend in den Arm: »Das ist ja entsetzlich.«

Hubertus jedoch redete geradezu vorwurfsvoll auf ihn ein: »Und du wartest in aller Seelenruhe draußen und bekommst nichts davon mit, wie Claudia gerade auf der Toilette stirbt?!«

»Papi, was soll das denn jetzt!«, fiel Martina ihrem Vater mit dem stechenden Blick ihrer hellblauen Augen ins Wort.

Klaus mischte sich ein: »Didi, gab es denn irgendwelche Hinweise darauf, dass sie ermordet wurde?«

Doch bevor er die Antwort abwartete, nuschelte er über die Schulter zu Hubertus: »Ich meine, innerhalb kürzester Zeit sterben zwei Wissenschaftlerinnen aus derselben Fachhochschule, ja sogar aus demselben Büro. Zu viel Zufall.«

»Äh … keine Ahnung …«, stammelte Didi.

»Mensch, lass dir doch nicht jedes Wort aus der Nase ziehen. Hatte sie zum Beispiel irgendwelche Würgemale oder Wunden?«, ließ Klaus nicht locker.

Hubertus mischte sich ein: »Das bringt doch eh nichts. Lass uns lieber noch schnell selbst versuchen, zum Klo zu gelangen …«

»Dürfte schwierig werden«, war Didi diesmal nicht um eine Antwort verlegen. »Da wimmelt es jetzt schon von Polizisten.«

Kein Wunder, dachte sich Klaus. Ein Mord auf dem Gelände einer Polizeifachhochschule … Sicher waren auch schon Hauptkommissar Müller und Winterhalter im Anmarsch.

Didi wischte sich mit ein paar Papierservietten, die ihm Martina gereicht hatte, den Schweiß aus Gesicht und Nacken. »Also, äußerlich ist mir nichts aufgefallen. Nur, dass sie extrem blass war. Spontan hab ich an einen Schock gedacht. Aber der führt ja nur selten in so kurzer Zeit gleich zum Tod. Und viel länger hab ich draußen nicht auf sie gewartet.«

Jetzt klappte es wieder mit dem Reden.

»Ist dir sonst noch was aufgefallen? Hat in der Zwischenzeit jemand die Toilette betreten oder verlassen?«, ließ Klaus nicht locker.

Hubertus hatte noch eine Zusatzfrage: »Oder hatte die Toilette ein Fenster?«

Klaus nickte anerkennend. Jetzt waren sie wieder in ihrem detektivischen Element. Und zwar so sehr, dass sie kein Auge mehr für ihre Begleiterinnen hatten.

»Ein Fenster gab es nicht. Aber da war tatsächlich jemand«, setzte Didi an, um dann jedoch erst mal einen kräftigen Schluck aus dem Apfelsaftschorleglas von Martina zu nehmen. »Ein Mann und eine Frau haben das Klo nach Claudia betreten …«

Klaus wurde ungeduldig: »Und, und?«

»Die Frau habe ich nicht gekannt, aber den Mann. Den kennt ihr übrigens auch!«

»Na also, dann haben wir wenigstens einen Tatverdächtigen. Ein Mann in der Damentoilette … Wer war der Typ?«, fragte Hubertus.

»Na, der OB! Der ist kurz nach Claudia in die Toilette rein.«

»Wie bitte?«, fragte Klaus.

Hubertus glotzte nur. Der OB als Mörder?

Die Tätersuche würde sich schwierig gestalten. Verenas Ex war auch nicht mehr aufzufinden und die Recherche für den Abend damit beendet, zumal die Party aufgrund des Vorfalls aufgelöst wurde und sie am Tatort wohl außer Beschimpfungen von Kommissar Müller nichts mehr erreichen würden.

Was also tun? Zunächst einmal Kerstin und Elke suchen, denn die waren plötzlich spurlos verschwunden. Martina hatte eine Erklärung: »Mama hat gesagt, ihr sollt euch ein Zimmer oder ein Taxi nehmen. Kerstin schläft bei ihr. Sie brauche jetzt eine meditative, ganzheitliche Betreuung. Ihr seid heute nicht mehr erwünscht.«

Klaus fasste einen Entschluss: »Dann nimmst du uns halt mit, Didi.« Er klatschte ihm kräftig auf die Schulter.

»Geht leider nicht. Wir sind mit meiner Moto-Guzzi da. Da gibt's nur Platz für zwei.«

Nachdem ihm Hubertus dafür eine neuerliche Standpauke gehalten hatte – diesmal über die Gefahren des Motorradfahrens im Allgemeinen und für seine Tochter im Besonderen –, verabschiedete er sich zusammen mit Klaus in Richtung Zentralbereich.

Das Gebiet zwischen den beiden großen Stadtteilen nahm baulich nur allmählich Gestalt an. Noch immer gab es dort einsame Höfe, weite Felder und Äcker. Die beiden Freunde hatten vom Alkohol einen schweren Kopf, und außerdem brauchten sie etwas Ruhe, um die Ereignisse zu verarbeiten. Ein Spaziergang konnte also nicht schaden.

Zwei einsame Gestalten – eine große, etwas rundliche und eine hagerere, etwas kleinere – schlichen langsam in Richtung Villingen. Nach wenigen Hundert Metern kamen sie an einem rot angestrichenen rustikalen Haus vorbei – dem »Tabledance«-Lokal »Hölzlekönig«. Der Vorschlag kam von Klaus, doch auch Hubertus zierte sich nicht mehr als sonst: Gegen ein gerstensafthaltiges Getränk dort war nichts einzuwenden. Und sollte ihnen in dem Etablissement eine Stripperin in den Blick geraten, würden sie es eben in Kauf nehmen müssen …

15. DER FALL MACKENZIE

Es war wie das unaufhörliche Läuten der Villinger Münsterglocken am Sonntagmorgen. Kommissar Müller wirkte nervös und in Gedanken versunken. Ihm fiel gar nicht mehr auf, dass er immer noch mit seinem Löffel in der Tasse hin und her rührte, was sich akustisch als unaufhörliches »bing, bing, bing« äußerte. Und das, obwohl sich die drei Stücke Zucker und die zwei Schuss Kondensmilch bestimmt schon längst in Hirschbeins ausgezeichnetem Kaffee aufgelöst hatten. Davon hatte Müller bereits mindestens drei Kannen innerhalb weniger Stunden getrunken. Seine Müdigkeit hatte das allerdings nicht vertrieben, zudem wurde er immer unruhiger.

»Kollege«, kam es von links. »Selbscht wenn Sie den Kaffee vom Rühre kalt mache wolltet, könntet Sie jetzt aufhöre – Sie habet's geschafft …«

Kommissar Winterhalter blickte Müller mit müde lächelnden Augen an. Unter diesen hatten sich tiefe dunkle Ränder gebildet. Und das wollte etwas heißen, denn Winterhalter war aufgrund seines Bauernhofs nun wirklich gewohnt, mit wenig Schlaf auszukommen.

Einen Großteil der Nacht hatten die beiden Ermittler zusammen mit den anderen Beamten der Soko »Freibad« zusammengesessen und über einen sicheren Mordfall sowie einen möglichen zweiten theoretisiert.

Den Rest der Zeit hatte sich Winterhalter mit seinen Kollegen von der Spurensicherung getroffen, da der Polizeidirektor darauf bestanden hatte, dass man bereits am nächsten Morgen Informationen für die Presse parat haben müsse. Gerade machte sich Winterhalter erneut zu den Spurensicherern auf.

Der zweite Todesfall innerhalb weniger Tage rund um die Schwenninger Fachhochschule würde für einige Unruhe in der Öffentlichkeit sorgen. Müller malte sich schon die Schlagzeilen aus: »Frauenmörder führt Kripo an der Nase herum« oder »Schwarzwälder Morde – Provinzpolizei tappt immer noch im Dunkeln«.

Eine halbe Stunde später klopfte es an der Tür des sterilen Besprechungszimmers, das unter dem kalten Licht der Leuchtstoffröhren noch trostloser wirkte als sonst.

O je – der Polizeidirektor trat ein. Im Schlepptau hatte er einen grau melierten, bebrillten, schlanken Herrn mittleren Alters.

Der Direktor hätte ihnen den Begleiter gar nicht erst vorstellen müssen. Allen in der Runde war er ein Begriff: Professor Dr. Erich Kollnau – die Koryphäe für Kriminalpsychologie an der Polizeifachhochschule Villingen-Schwenningen. Müller und die meisten Kollegen kannten ihn nicht nur von den Vorlesungen während ihrer Kommissarsausbildungen, sondern auch aus den Medien. Dort war er vor allem bei der Boulevardpresse ein beliebter und fast wöchentlich in Erscheinung tretender Kriminalexperte.

»Meine Herren«, machte der Polizeidirektor eine strenge Miene. »Ich habe gerade einen Anruf vom Innenminister in Stuttgart erhalten. Der Fall hat höchste Priorität und braucht jegliche erdenkliche Unterstützung.«

Müller nahm ein Taschentuch mit seinen in gotischer Schrift gestickten Initialen – ein handgefertigtes Geburtstagsgeschenk seiner geschickten Sekretärin Hirschbein. Damit rieb er die runden Gläser seiner Brille, danach nahm er sich seine alte silberne Schwarzwälder Taschenuhr vor. Er ahnte, was nun folgen würde.

»Jetzt gilt es, die Ressourcen zu bündeln. Deshalb habe ich Professor Kollnau gebeten, Sie bei Ihrer Arbeit zu unterstützen. Wie Sie wissen, ist er Profiler. Meine Herren, der Minister und auch ich erwarten umgehend konkrete Ergebnisse.«

Müller kochte innerlich. War es doch der Polizeidirektor gewesen, der sich vor der Presse so weit aus dem Fenster gelehnt hatte. Von wegen Raubmord und Einzeltat ... Ohnehin hätte der Hauptkommissar es vorgezogen, die Medien weiter hinzuhalten.

Gerade als der Polizeidirektor das Besprechungszimmer verlassen wollte, um einige wichtige Telefonate zu führen, wie er erklärte, traten Hauptkommissar Winterhalter und zwei Kollegen durch die immer noch offene Eingangstür.

»Und, Winterhalter? Haben wenigstens Sie jetzt interessante Erkenntnisse für uns?«, fragte der Polizeidirektor und rückte seine akkurate, quer gestreifte Krawatte zurecht. Im Gegensatz zu den Kollegen hatte er die Nacht im Bett verbracht.

»Des kann mer scho sage«, antwortete Winterhalter. »Spure vo äußerliche Gewalteinwirkunge habet mir nämlich nit entdeckt.«

Winterhalter hatte seine Müdigkeit von vorhin nun offenbar überwunden. Mit seiner sonnengegerbten Haut wirkte er jetzt wie eine Schwarzwälder Ausgabe des Bergidols Luis Trenker in jüngeren Jahren. Ohne seine Wanderschuhe erschien er nie zum Dienst. Womöglich machte die gesunde Luft den gewissen Unterschied aus – auch dass er sich so schnell von seiner Müdigkeit erholte, überlegte Müller. Wie sonst war es zu erklären, dass Winterhalter in seinen fast fünfundzwanzig Dienstjahren nicht einen Tag krank gewesen war?

Abgesehen davon schien Müller durch das eben Gesagte recht erleichtert: »Heißt das, dass die Frau eines natürlichen Todes gestorben ist und wir es nur mit einem einzigen Mordfall zu tun haben?«

Doch Winterhalter schüttelte den Kopf. »Leider nit. Mir hän de Mageinhalt vo de Dote analysiert. Und do sind mir auf Spure vom Blaue Eise'hut g'stoße. Des isch eigentlich ä wunderschöne blaue Blume ...«

»Winterhalter, wir sind hier nicht im Schwarzwaldverein. Kommen Sie zum Punkt«, unterbrach ihn der Polizeidirektor schroff.

»So schön sie au isch, so giftig isch sie halt«, kam der Beamte der Aufforderung kurz und bündig nach.

»Sie meinen, die zweite Tote wurde vergiftet?«, fragte der Direktor.

»Des isch wohl a'zunehme. Es sei denn, die Dote hät sich selbscht vergiftet«, schränkte Winterhalter ein und fuhr fort: »Des isch aber recht unwahrscheinlich. Da hätte es vermutlich ruhigere Orte gegebe, um sich ins Jenseits zu befördern. Außerdem hat sich des Opfer dann wohl eine Giftart ausg'sucht, die schneller wirkt. Beim Blaue Eise'hut dauert das Ganze bei entsprechender Dosierung scho einige Minute. En qualvolle Dod.«

»Wann und wie ist sie also vergiftet worden?« Der Polizeidirektor blickte ungeduldig in die Runde.

Winterhalter kam möglichen Spekulationen seines Kollegen Müller zuvor: »Mir hän uns do au' scho Gedanke g'macht. Mit äm Klowasser isch se wohl kaum vergiftet worde. Mir nehmet an, dass ihr jemand des Gift in ä Getränk g'schüttet hät.« Winterhalter setzte sich jetzt auf einen der freien Stühle und wühlte in seinen Unterlagen. Die gerade aufgehende Morgensonne schien ihm direkt ins Gesicht.

Jetzt war die Stunde des Profilers gekommen: »Was in der Tat auffällt, ist die Tatsache, dass sich die Opfercharaktere ähneln und wir auch vergleichbare äußere Merkmale konstatieren können. Beide waren brünett und schlank. Beide waren Dozentinnen, arbeiteten in der Fachhochschule, und das sogar im selben Büro. Das könnte auf einen Täter hindeuten, der von einer Frau abgewiesen worden ist und sich jetzt in blindem Hass an ähnlich aussehenden Frauen mit hohem Bildungsgrad rächt. Dass er selbst im Umfeld der Hochschule tätig ist, ist dabei sehr wahrscheinlich.«

Der Polizeidirektor setzte eine zufriedene Miene auf. Müller aber schüttelte genervt den Kopf. Beim ersten Mord hatten sie ja bereits erfolglos im Umfeld des Opfers ermittelt. Außerdem sprach etwas eindeutig dagegen.

»Lieber Professor Kollnau.« Müller setzte seine Brille wieder auf und faltete die Hände. »Blinder Hass scheint als Motiv beim zweiten Mord wohl kaum vorzuliegen. Für den ersten Mord ließe ich das gelten, da wurde Verena Böck auf recht brutale Weise ertränkt. Doch ein Giftmord passt mir da nicht so recht ins Muster. Ich halte es sogar für möglich, dass dies das Werk von zwei Tätern war.«

Kollnau widersprach: »Bei meinen Studien in den Staaten bin ich immer wieder auf solche Fälle gestoßen. Wir haben es mit einem intelligenten Täter zu tun – darauf deutet auch der universitäre Hintergrund der Morde hin. Enormer Hass muss sich nicht immer in roher Gewalt ausdrücken. Wenn ich an den MacKenzie-Fall 1983 in Arkansas denke. Oder an die Wesson-Brüder in Illinois vor einigen Jahren …«

Müller verdrehte die Augen. Die Fähigkeiten des Profilers waren unbestritten, doch manches Mal lehnte er sich recht weit aus dem Fenster.

Der Polizeidirektor war jedenfalls hellauf von Kollnau begeistert. Kein Wunder: Jedes Mal, wenn dieser im Fernsehen auftrat, wurde die »Fachhochschule für Polizei in Villingen-Schwenningen« erwähnt – und in diesem Glanz sonnte auch er sich etwas.

»Ich bin mir ziemlich sicher, dass es sich um einen Mann mit hoher Formalbildung handelt«, monologisierte Kollnau weiter. »Zudem beweist er große Flexibilität und kann sich unauffällig bewegen. Fünfunddreißig bis fünfzig Jahre, wahrscheinlich Deutscher. Nicht völlig unsportlich, sonst wäre er beim ersten Mord im Freibad aufgefallen. Ein eher durchschnittliches Äußeres. Jemand, der Probleme mit Frauen hat. Möglicherweise ist er auch schon in früheren Beziehungen gewalttätig geworden, obwohl das eigentlich nicht zu seinem Umfeld passt ... Er hat ein nicht mehr zeitgemäßes Frauenbild. Wenn eine Frau nicht das tut, was er sich von ihr verspricht, kann er nicht damit umgehen. Und sollte es sich tatsächlich um Blauen Eisenhut handeln, würde ich sagen: ein Arzt oder zumindest jemand, der in seinem unmittelbaren Umfeld einen solchen hat – was wieder auf eine höhere Formalbildung hindeutet ...«

Noch bis zum späten Vormittag diskutierten die Beamten über die Morde. Gegen elf gingen sie endlich nach Hause, um nach ein paar Stunden Schlaf die Arbeit am Nachmittag wiederaufzunehmen. Nicht jedoch der Ö.

16. CHIFFRE SC – 04873

Klaus Riesle zog ein mit kleinen dunklen Flecken übersätes Stück Papier aus dem Faxgerät der Schwenninger *Kurier*-Redaktion. Auf diesem prangte rechts oben, halb abgeschnitten, der Polizeistern. Hubertus spickte neugierig über seine Schulter: »Tötungsdelikt in VS-Schwenningen«, lautete die Überschrift des Artikels, den der Ö an die Redaktionen verschickt hatte. »Mord … Polizeifachhochschule Villingen-Schwenningen … Täterprofil erstellt … Giftstoffe im Körper des Opfers … Pressekonferenz in den nächsten Tagen …«, las Riesle die Meldung quer. Gleich müsste die dazugehörige Mail eintreffen.

Bernd Bieralf wurde hellhörig. Er stand von seinem aufgeräumten Schreibtisch auf, neben dem ein riesiger Stapel verschiedener Wirtschaftszeitungen lag, und ging auf die beiden zu. »Lassen Sie das mal schön mich machen, Herr Riesle. Ihr Zuständigkeitsbereich liegt ja jenseits der Stadtteilgrenze.« Er grinste breit und griff sich rasch das Papier. Riesle und Bieralf spielten das doppelstädtische Spiel: Württemberger neckt Badener und umgekehrt. »Aber was die Anzeigengeschichte anbelangt, da kann ich euch wirklich nicht weiterhelfen. Da solltet ihr unbedingt mal mit unserer Frau Haberstroh sprechen.« Bieralf zwinkerte den beiden zu und verabschiedete sich, da zwei Telefone gleichzeitig auf seinem Schreibtisch klingelten.

Die Anzeigenabteilung lag nur eine Etage tiefer. Ein Schwall von Kaffeeduft kam ihnen entgegen, als sie die engen Stufen hinabstiegen und direkt in den großen Empfangsbereich des *Kuriers* gelangten, der mitten im Herzen der einstigen Uhrenstadt Schwenningen lag. Dort saßen eifrig telefonierende Damen zwischen spartanischem Mobiliar.

Der *Kurier* musste sparen – zumal die Anzeigenrückgänge den Verleger fast um den Schlaf brachten, wie er der Belegschaft bei der letzten Betriebsversammlung tränenschwanger erklärt hatte. Printmedien waren bei vielen Kunden nicht mehr die einzige Option, der Onlinesektor machte sich zunehmend bemerkbar.

Klaus kannte Steffi Haberstroh. Er steuerte zielstrebig auf eine junge Frau mit glatten braunen Haaren zu, die in einem geblümten Sommerkleid an einem der Tresen laut schwatzend hin und her lief. Hummel und Riesle warteten, bis sie die Laufkundschaft abgefertigt hatte.

Klaus stellte seinen Freund Hubertus vor und zeigte Steffi den Brief, den Bernd Bieralf gefunden und ihnen gegeben hatte.

»SC, null, viere, achte, siebene, drey. Ha, des isch ei'deutig ä Schiffrä vo' uns«, gab sich die schwäbische Anzeigenverkäuferin auskunftsfreudig. »Wieso wollet ihr des wisse?«

Klaus weihte sie in ihre Ermittlungen ein.

»Wartet ä' mol, do' guck i' grad mol nach.« Sie lief zu einem großen Metallschrank mit Leitz-Ordnern und zog einen davon heraus.

»Eigentlich dürft i' des euch nit sage, aber i' sag's trotzdem, weyl's du bisch, Klaus, gell. Trotz Internet gebet übrigens immer no erstaunlich viel Leut Kontakta'zeige bei uns auf. Ich glaub, des erscheint dene in einere Zeitung wie dem *Kurier* eifach e bissle seriöser.«

Für einen kurzen Moment hielt sie inne und schaute sich um, ob jemand sie belauschte. Dann bemühte sie sich, leise zu sprechen, was bei Haberstrohs Organ kein leichtes Unterfangen war. »Des Schiffrä g'hört zu einer A'zoig, die ä Frau auf'gäbe hät. So ä Karrierefrau.«

Das hatten Hubertus und Klaus vermutet. Aber jetzt wurde es erst richtig spannend: Verena oder Claudia?

»Sie hoißt Verena Böck«, las Steffi.

Also doch!

»Des war übrigens nit die einzige A'zoig. Die Gleiche hät se no mehrmols g'macht.« Sie beugte sich über den Tresen und meinte: »I' glaub, die war ä bisslä mannsdoll.«

Klaus blickte schmunzelnd auf den Ordner, über dem Steffi herumfuchtelte. »Mannstoll« war man bei Steffi schon, wenn man nicht gleich seinen ersten Freund heiratete.

»Steffi, meinst du, du könntest mal einen Blick in deine Unterlagen werfen?«, fragte Klaus dann ohne Umschweife.

Zum ersten Mal seit Beginn ihres Gesprächs hatte die junge Frau einen ernsten Gesichtsausdruck. Schließlich klopfte sie mit der Hand auf den Ordner und schlug ihn auf. »Wenn ihr de' Mörder vo' dere' Frau findet, do rechtfertigt des die Sach' doch sicher, oder?«

Hubertus und Klaus nickten fast synchron.

»Du bisch ä Schätzle«, machte Riesle auf Dialekt. Mit dem hielt er es sonst eigentlich nicht so. Seine Mutter war eine Zugezogene gewesen – Westfalen-Lippe. Allerdings hatte er beim *Kurier* gelernt, den einen oder anderen Zungenschlag zu imitieren.

Steffi Haberstroh drehte den Ordner um, sodass die beiden einen Blick darauf werfen konnten. »Des war die A'zoig. Zum Glück hät iser Azoigeleiter, der Herr Schwarz, heut' frey.«

Leise las Klaus vor: »Schlanke, attraktive Brünette, Mitte/Ende 30, Akademikerin, intellektuell anspruchsvoll, sucht nach großer Enttäuschung geistvollen, sportlichen Partner, der es ernst meint. Melde dich unter Chiffre SC – 04873.«

17. ROSA

Auf dem Weg zu Hubertus versuchten sie, ihre Erkenntnisse zusammenzufassen. Sogar den Polizeifunk stellte Klaus aus diesem Grund ab.

»Also pass mal auf«, hatte sich Hummel als Erster strukturiert. »Wir haben einen Mord im Freibad. Eine erfolgreiche, einen Mann suchende Wissenschaftlerin wird erwürgt oder ertränkt, wobei sich der Täter Verletzungen zuzieht. Er plündert den Spind des Opfers, hinterlässt in der Nähe des Tatorts einen Fußabdruck und bricht schließlich auch noch in die Wohnung der Ermordeten ein.«

Klaus nahm den Faden auf, während er den Kadett mit Tempo neunzig am Ortsschild des Stadtbezirks Villingen vorbei die Schwenninger Steige herunterrasen ließ. »Dann haben wir eine weitere Wissenschaftlerin, die Kollegin der Ersten, die auf einer Studentenfete vergiftet wird, wenn der Polizeibericht stimmt. Ich vermute, dass man ihr etwas ins Glas getan hat. Selbstmord könnte natürlich auch sein, aber ist das realistisch? Dann wurde ihr jedenfalls schlecht, und sie ging zur Toilette – Didi immer hinterher. Dort ist sie dann umgekippt und gestorben …« Riesle überlegte weiter: »Beide Frauen waren etwa gleich alt, hatten die gleiche Haarfarbe, waren beruflich erfolgreich. Und privat? Soweit ich weiß, hatte diese Claudia keinen Freund.«

Hubertus zuckte mit den Schultern: »Meinst du, dass hinter dem Mord an Claudia eine Beziehungsgeschichte stecken könnte?«

»Ich bin noch nicht einmal sicher, ob hinter dem Mord an Verena eine Beziehungsgeschichte steckt«, gab Klaus zurück. Er rekapitulierte weiter: »Wir haben für den ersten Mord einen Zeugen; jedenfalls behauptet dieser Heimburger, dass er Zeuge gewesen sei. Er könnte aber auch der Mörder sein. Wir müssen den unbedingt finden ... Und eigentlich müsste es auch für den zweiten Mord Zeugen geben. Ungefähr eintausend potenzielle jedenfalls – und einige davon sind Polizisten ...«

Jetzt war Hubertus wieder an der Reihe, während der Kadett den Villinger Friedhof passierte.

»Vielleicht hat dieser Frank, der Ex von Verena, den Mord in Auftrag gegeben. Der scheint doch ohnehin Dreck am Stecken zu haben. Falls der Betrunkene auf der Fete mit seinen Vorwürfen recht hatte, hat der ja wohl seinen Doktortitel ergaunert. Ein prima Motiv. Solche Typen liebe ich ja! Und ich überlege mir jahrelang, ob ich auch noch den Doktor mache. Ich hatte sogar schon ein Thema: ›Novalis und seine Gedichte im Spiegel der ...‹«

Klaus verdrehte die Augen und versuchte nachzudenken: »Klar ist doch: Der Brief, also die Antwort auf die Kontaktanzeige, bezog sich auf ein Inserat von Verena, wie wir jetzt wissen – und von ihr war auch die Bemerkung auf der Rückseite des Briefes. Aber von wem war der Brief? Und wie gehen wir weiter vor?«

Hubertus hatte den Monolog über seine abgebrochene akademische Karriere mittlerweile beendet. »Vielleicht hat der Brief auch gar nichts damit zu tun, und die Ähnlichkeit der Opfer ist schlicht Zufall.«

Doch Klaus hielt dagegen: »Wir haben den Brief. Der Brief war an Verena gerichtet, aber auch Claudia hatte Zugriff auf ihn. ›Das Licht wird bald verlöschen, die Rose zertrampelt werden.‹ So war diese handschriftliche Notiz – das ist eindeutig. Übrigens haben wir damit einen Ermittlungsvorsprung gegenüber Müller.«

»Stimmt. Und wenn der Brief tatsächlich der Schlüssel ist, dann müssten sich darauf doch auch die Fingerabdrücke des Mörders oder eines eventuellen Auftraggebers befinden, oder?«, theoretisierte Hubertus.

Klaus nickte: »Aber nicht nur die, sondern auch die Abdrücke von Verena und vielleicht auch die von Claudia und eventuell die der Putzfrau ...«

»Das könnte natürlich auch sein. Aber trotzdem müssten wir das mal untersuchen lassen. Allerdings können wir wohl kaum Hauptkommissar Müller bitten, uns einen Gefallen zu tun.«

»Wohl kaum«, pflichtete Klaus schmunzelnd bei. Doch er hatte eine andere Idee. Vor zwei Jahren hatte er beim *Kurier* vier Wochen Vertretung in der Trossinger Redaktion machen müssen. In dem nicht einmal zehn Kilometer von Schwenningen entfernten Ort, der einst durch seine Harmonikaproduktion weltberühmt geworden war, hatte er einen Artikel anlässlich der Verabschiedung und Pensionierung des Leiters des Polizeipostens geschrieben. Mit diesem hatte er ein angeregtes Gespräch über Kriminaltechnik geführt. Vielleicht könnte der ja weiterhelfen. Wie hieß er doch gleich … Pfister, wie so viele Trossinger. Genau: Herbert Pfister.

Mittlerweile hatte Klaus den Kadett vor dem Haus der Hummels geparkt.

Hubertus war jetzt im Redefluss: »Du sagtest, beide Frauen seien ähnliche Typen gewesen. Ähnlich alt, ähnliche Haarfarbe, selber Arbeitgeber. Da gibt's nur eines« – er schloss die Haustür auf –, »wenn die Morde mit diesem Inserat zu tun haben, dann geben wir eben auch eine Anzeige auf und schauen, wer darauf antwortet.«

Klaus runzelte die Stirn, ehe er sich am Küchentisch niederließ. »Und einer von uns verkleidet sich als brünette Frau und trifft sich mit den Interessenten? Du spinnst doch!«

»Hast du einen besseren Vorschlag?«, fragte Hummel, holte ein Mineralwasser aus dem silberfarbenen Kühlschrank und goss Riesle sowie sich ein.

»Vielleicht sollten wir diesen Frank beschatten – oder den Besoffenen von der Fete suchen …«

»Wo warst du denn, Schatz?«, ertönte die Stimme, die Hubertus immer noch betörte. Elke kam zur Terrassentür herein. Sie hatte eine dreiviertellange weiße

Stoffhose und ein T-Shirt an. Ihre Haare wehten im Durchzug. Offenbar hatte sie sich gerade im Garten gesonnt. Die Sommersprossen auf ihrer Nase leuchteten deutlicher als sonst. Auch die hatte Martina von ihrer Mutter. Apropos: Aus dem oberen Stockwerk hörte Hubertus die Stimme seiner Tochter.

»Hubertus, wir sehen uns kaum mehr«, sagte Elke vorwurfsvoll. »Das muss sich ändern.«

Dieser blickte zu Boden. Klaus hingegen rief: »Das wird sich ändern, Elke! Du wirst uns nämlich helfen!«

Elke schaute verwirrt. Hubertus hatte jedoch begriffen, worauf sein Freund hinauswollte. »Du meinst, dass Elke …?«

»Schlanke, attraktive Brünette, intellektuell und mit etwas Wohlwollen Ende dreißig«, grinste Klaus.

»Oh, danke«, strahlte Elke, die das »mit etwas Wohlwollen« überhört hatte. »Aber was hat das denn mit mir …«

»Glaubst du, ich lasse meine Frau Kontaktanzeigen aufgeben?«, fragte Hubertus empört. »Wo leben wir denn?«

Drei Minuten später war Elke eingeweiht – und nicht nur das. Sie erklärte sogar ihre Einwilligung. Schließlich wollte sie mehr an Hubertus' Leben teilnehmen – sie hatte erst jüngst gelesen, dass dies der Schlüssel zu einer erfüllten Partnerschaft sei. Außerdem tat ihr Kerstin leid: Zwei Bekannte von Riesles Freundin waren unter mysteriösen Umständen ums Leben gekommen. Und schließlich, so betonte sie zu Hubertus' Kopfschütteln: »Ich bin mir sicher, der Mörder ist letztlich auch nur ein armer Mensch, der seine innere Mitte wiederfinden muss. Dabei will ich ihm helfen.«

Klaus war begeistert – allerdings nur, bis Elke sich selbst ihren Anzeigentext ausgedacht hatte: »Vegetarierin, meditationserfahren, Waage, sucht geistig anregenden Austausch.«

Nur mit Mühe konnte Klaus ihr erklären, dass es darum gehe, einen möglichst identischen Anzeigentext wie den von Verena Böck aufzugeben. Denn nur so könne man nämlich auf eine ähnliche Antwort hoffen und dessen Verfasser genauer unter die Lupe nehmen.

Noch immer gefiel Hubertus die Sache nicht. Gerade als er wortreich die drohenden Gefahren und moralischen Bedenken vortragen wollte, fiel sein Blick auf einen kleinen Zettel auf dem Küchenboden – offenbar ein Beipackzettel zu einem Medikament. Hubertus hob ihn auf und überflog ihn: »Wenn sich im rechten Fenster innerhalb von drei Minuten ein rosafarbener Strich bildet, liegt eine Schwangerschaft vor«, las er. Dann schaute er fassungslos Elke an. Konnte es sein, dass …

Möglich, aber nicht unbedingt wahrscheinlich, immerhin war Elke vor nicht allzu langer Zeit fünfundvierzig geworden. Aber dann?

»Schatz, weißt du …«, sagte Elke. »Martina …«

Doch Hubertus hörte ihr nicht mehr zu. »Martina!«, rief er und stürmte die mit braunem Läufer ausgelegte Treppe hinauf – zwei Stufen auf einmal. Er riss die Tür zum Zimmer seiner Tochter auf: niemand. Dann lief er zum Bad.

Martina stand am Waschbecken neben Didi Bäuerle und begutachtete ein etwa zehn Zentimeter langes Plastikstäbchen.

Hubertus schaute nur seine Tochter an: »Ja oder nein?«

Auch Klaus und Elke waren mittlerweile die Stufen heraufgekommen und standen im Türrahmen des Hummel'schen Badezimmers.

»Ich weiß es nicht!«, rief Martina. »Jetzt geht mal alle drei Minuten raus – auch du, Schatz!«

Letzteres galt Didi, der sich in jeder Hinsicht unwohl zu fühlen schien.

Vier Personen schauten in zwei Meter Abstand auf Martina Hummel, die – in ihrer Gesichtsfarbe der Blässe des Waschbeckens angeglichen – das Plastikstäbchen anstarrte.

Elke kam als Erste näher. »Da bildet sich ein Strich«, sagte sie.

»Au weia«, kommentierte Martina leise.

»Vielleicht geht die Farbe ja wieder weg«, sagte Klaus ohne echte Überzeugung.

In Hubertus Hummel schien sich alles zu drehen.

»Eindeutig rosa«, sagte Elke wieder.

Hubertus kramte nach dem Zettel, den er in die Hosentasche gesteckt hatte. Vielleicht hatte er sich getäuscht? Vielleicht hatte da gestanden: »Wenn sich im rechten Fenster ein Strich bildet, liegt *keine* Schwangerschaft vor.« Nein, auch nach dreimaligem Durchlesen: rosa gleich schwanger.

»Herzlichen Glückwunsch, Schatz!«, rief Elke und umarmte erst Martina, dann Didi – und schließlich Hubertus.

Auf den hatte die Neuigkeit – und vielleicht auch die Hitze – eine andere Wirkung. »Du, du, du«, rief er und näherte sich mit erhobener Faust dem wie versteinert dastehenden Didi Bäuerle.

Dann sackte Hubertus in sich zusammen.

Als er wieder zu sich kam, blickte er ausgerechnet ins Gesicht seines potenziellen Schwiegersohns, der sich seiner Erste-Hilfe-Kenntnisse besonnen und Hubertus versorgt hatte. »Nichts Ernstes, lediglich ein kleiner Schwächeanfall«, konstatierte Didi.

»Schatz, du solltest wirklich auf dein Gewicht achten«, meinte Elke. »Das ist gar nicht gesund. Und du darfst nicht so viel Fleisch essen. Siehst du, ich muss mich mehr um dich kümmern!«

Hubertus hegte Gedanken, wie sie in Comics immer mit einem Totenkopf, einem Blitz oder einem Messer gekennzeichnet sind. Für einen Moment hasste er sie alle: Elke mit ihrem Geschwafel, Klaus, der ihn immer in Gefahr brachte, den Hausmeister, der sich an seine Tochter heran- und offensichtlich noch viel mehr mit ihr gemacht hatte. Und natürlich Martina, die mit gerade einmal achtzehn Jahren schwanger war. Schwanger!

Dann fiel Hubertus ein, dass er jetzt wohl Großvater werden würde.

18. KANZLEIGASSE

»Nein, es liegt im Ermessen der Redaktion, einen Leserbrief zu kürzen.« Nur Klaus' eindringliche Stimme war zu vernehmen, als Hubertus das Büro der Villinger Redaktion des *Kuriers* betrat. Sonst konnte er nur ein paar dunkle Haarbüschel hinter Computerbildschirmen und Papierstapeln erkennen. Jetzt, da Klaus aus dem Urlaub zurück war, hatte er noch mehr Arbeit als sonst auf dem Schreibtisch aufgehäuft. Es sah gerade so aus, als wolle er sich vor seinen Kollegen im Großraumbüro verbarrikadieren. Aber eigentlich entsprach das nicht Klaus' Art.

Hubertus umkurvte geschickt die auf dem Boden liegenden Kartons – dass Riesles cholerischer Chef solch ein Durcheinander duldete? – und stand grinsend vor Klaus, der den Hörer zwischen Ohr und Schulter eingeklemmt hatte und auf seiner Tastatur herumtippte. Für einen Gruß keine Kapazitäten.

»Nein, Herr Dr. Bröse, der OB hat bei uns überhaupt keine Lobby. Wir drucken Ihre Leserbriefe genau so ab und verändern sie auch nicht sinngemäß … Ja, wir wissen um Ihre Reputation.«

Da Klaus noch in das Gespräch vertieft war, ließ Hubertus den Blick etwas umherschweifen. Kleine und große Papierfetzen waren auf der ohnehin schon knapp bemessenen Arbeitsfläche des Schreibtischs verteilt. Dass Klaus im Zeitalter des Computers noch mit so viel Papier herumhantierte, wunderte Hubertus eigentlich. Aber immerhin hatte sein Freund bei der Zeitung angefangen, als man noch auf Schreibmaschine getippt und die Texte per Fax an die Zentrale durchgegeben hatte. Diese Erfahrung war wohl doch prägend gewesen.

An der Wand hinter Klaus' Schreibtisch hing eine große metallene Druckvorlage einer Zeitungsseite des *Kuriers*. Darauf ein riesiges Foto von Klaus am Steuer seines Opel Kadett, die Zähne zu einem breiten Lächeln gebleckt, einen überdimensional großen Fotoapparat um den Kragen seines fast stadtbekannten zitronengelben Sakkos gehängt. Daneben eine riesige Überschrift: »Rasender Reporter Riesle auch mit 40 immer noch rastlos – mit 400 Sachen geblitzt.«

Ganz offensichtlich handelte es sich bei dem so natürlich nie erschienenen Artikel um ein Geburtstagsgeschenk – von Kollegen, die auch schon als Mitfahrer unter Klaus gelitten hatten.

Endlich legte – oder vielmehr knallte – Riesle den Hörer auf. »Sollen die sich doch auf dem Münsterplatz öffentlich die Köpfe einschlagen«, schimpfte er.

Die Freunde hatten jetzt Wichtigeres zu besprechen: die Mordfälle und die Anzeige. Diese hatten sie nun fast im gleichen Wortlaut wie jene von Verena Böck aufgesetzt – für die Printausgabe ebenso wie für den Onlinebereich des *Kuriers*, eben genauso wie bei der Ermordeten.

Elke hatte noch auf ein paar kleinen Änderungen bestanden, doch der Text, den sie in der Geschäftsstelle unter Chiffre VL – 04887 aufgaben, konnte sich sehen lassen: »Brünette attraktive Frau, Ende 30, Waage Aszendent Zwilling, meditationserfahren, geistvoll, sucht sportlichen, einfühlsamen, intelligenten Partner«.

»Huby, lass uns noch einen Happen essen gehen«, schlug Klaus vor, holte rasch sein Handy aus der Redaktion und verabschiedete sich von seinen Kollegen.

Hastig bissen sie einige Minuten später in einen Fleischkäswecken, während sie durch das idyllische Rietviertel mit seinen bunten Altstadthäuschen schlenderten.

»Übrigens habe ich mit Hauptkommissar Pfister Kontakt aufgenommen«, verkündete Riesle mit wachem Blick.

»Wer ist denn das nun schon wieder?«, fragte Hubertus mit halb vollem Mund.

»Hatte ich dir doch erzählt. Ein pensionierter Hauptkommissar aus Trossingen. Über den hab ich mal 'ne Geschichte gemacht …«

»Und?«

»Der ist Feuer und Flamme für unsere Ermittlungen und würde uns kriminaltechnisch gerne behilflich sein – allerdings unter der Bedingung, dass niemand davon erfährt. Kommissar Müller mag er zwar auch nicht. Aber dennoch kann er natürlich seinen Kollegen nicht offiziell ins Handwerk pfuschen. Ich glaube, Pfister langweilt sich in seinem Ruhestand ein bisschen. Hab ihm den Brief schon heute Morgen vorbeigebracht. Rufe ihn morgen wieder an und frage ihn, wie viele Fingerabdrücke er darauf gefunden hat.«

»Und wie sollen wir dann weiter vorgehen?«

»Hab schon alles durchdacht«, verkündete Klaus mit stolzer Miene. »Die Kripo hat zwar den Vorteil, dass sie die Täter-DNA hat. Sie hat aber nicht den Brief und damit vielleicht den Fingerabdruck des Mörders. Einer der Abdrücke müsste ja von dem stammen.«

»Stimmt! Aber wie können wir ihn damit dingfest machen?«, fragte Hubertus.

»Ganz einfach«, entgegnete Klaus. »Wenn Elke sich mit verdächtigen Personen trifft, geben wir ihr ein Stück Papier mit. Das soll sie denen dann unter irgendeinem Vorwand in die Hand drücken und so die Fingerabdrücke nehmen. Pfister soll sie dann abgleichen …«

Hubertus hatte noch Bedenken: »Ich finde es aber grundsätzlich nicht gut, dass wir Elke in solche Gefahr …«, setzte er gerade wieder zum Vortrag an, wurde aber unterbrochen.

Für eine Gestalt, die gerade aus einem italienischen Feinkostladen kam, war Hummels Frau genau das richtige Stichwort.

»Wie geht es denn meiner lieben Elke?«, fragte Stadtrat Schulz, der mit einem eleganten weißen Hut und einem Zigarillo im Mundwinkel vor ihnen stand. Er trug ein weites Seidenhemd. Auch er war immer bemüht, seine figürlichen Probleme zu kaschieren. Schulz schien stets dann aufzutauchen, wenn man ihn nicht gebrauchen konnte. Bei Recherchen in einem Bordell hatten sie ihn ebenso schon getroffen wie vergangenen Winter auf dem Weihnachtsmarkt, als Schulz versucht hatte, mit Elke anzubandeln. Damals hatte sie noch von Hubertus getrennt gelebt.

»Bestens! Bestens! Auf Wiedersehen!«, trompetete Hubertus kurz angebunden, nahm Klaus am Arm und zog ihn am Schatten spendenden hohen Franziskaner-Konzerthaus vorbei. »Der hat uns gerade noch gefehlt«, zischte Hummel.

Am »Mäuerle« beim sonnenüberfluteten Osianderplatz des Franziskaner-Museums rauchten und schwatzten ein paar Acht- oder Neuntklässler in viel zu schlabberigen Hosen. Hubertus schaute nicht hin. Möglicherweise war wieder mal einer seiner Schüler dabei. Im allzu überschaubaren Städtchen traf man meist gerade die, die man nicht treffen wollte.

Als sie in die Kanzleigasse einbogen – Hubertus machte sich nun über das zweite Brötchen her –, fragte Klaus: »Und, Opa Hummel, hast du schon mit Didi über die Aussteuer verhandelt?«

»Falsches Thema«, brummelte Hubertus kauend, um gleich die Aufmerksamkeit auf ein anderes zu lenken: »Das Haus da vorne muss es sein, direkt gegenüber vom neuen Rathaus.« Sie marschierten an einigen schön restaurierten Häusern vorbei in Richtung Münsterplatz. Vor einem etwas heruntergekommenen, dessen Mauerwerk ebenso wie das Dach im Laufe der Jahrhunderte eingesackt war, blieben sie stehen. Der Blick aufs Klingelschild gab letzte Gewissheit: Prof. Claudia Metzger.

Jetzt mussten sie nur noch irgendwie ins Haus gelangen. Klaus wandte einen alten Einbrechertrick an: Mit einer Telefonkarte stocherte er im Türschlitz herum.

Hubertus fühlte sich überaus unwohl: »Klaus! Das ist Einbruch. Ich dachte, wir befragen nur die Nachbarn!«

Sein Freund winkte mit der einen Hand ab, mit der anderen bearbeitete er die Tür. Doch die ließ sich einfach nicht öffnen. Und außerdem: »Grüß Gott, die Herren«, kam es aus dem Hintergrund. Ein älterer Mann mit schwarzem Anzug und Stirnglatze stand plötzlich hinter ihnen: der Dekan!

»Scheiße«, kam es Klaus über die Lippen. Sie standen nun dicht aneinandergedrängt mit dem Rücken zur Tür, sodass dem Gottesmann der Blick auf die Telefonkarte versperrt war, die immer noch im Türschlitz steckte. Hubertus fühlte sich wie ein Ministrant, der einen Streich ausgeheckt hat.

»Herr Dekan tut es auch«, antwortete der. »Sind Sie auf Entdeckungsreise in unserem schönen Städtchen?« Er hatte die Hände hinter dem leicht gebückten Rücken verschränkt und blickte sie mit einem strengen, fast schulmeisterlichen Lächeln an. Aber allein der durchdringende Ton seiner Stimme war schon Respekt einflößend.

»Wir haben gehört, dass hier ein Haus zum Verkauf steht.« Hubertus fiel auf die Schnelle nichts Besseres ein.

»So, so! In der Tat: Einige Häuser stehen zum Verkauf. Aber seien Sie vorsichtig, denn der Teufel liegt im Detail.« Der Dekan war ein alter Villinger, und als solcher kannte er den mittelalterlichen Stadtkern in- und auswendig, der sich im Laufe der vergangenen zweihundert Jahre doch sehr verändert hatte. Zwar war das alte kreuzförmige Stadtbild noch intakt, doch vieles vom ursprünglichen Villingen war vor allem im 19. Jahrhundert von den Bürgern selbst abgebrochen worden. Von Denkmalschutz hatte man damals noch keine Ahnung gehabt.

»Darf ich mal?« Der Dekan machte Anstalten, zwischen Hummel und Riesle hindurchzuwollen. Es blieb ihnen nichts anderes übrig, als den Weg auf die Tür und die Telefonkarte freizugeben. Doch zu ihrer Überraschung folgte kein Tadel. Vielmehr legte der Dekan an die Telefonkarte Hand an, und mit einer schnellen Handbewegung – »schnapp« – war die Tür offen.

»Das nächste Mal sollten Sie vorher vielleicht den Eigentümer fragen, wenn Sie ein Haus besichtigen wollen.« Der Dekan grinste jetzt spitzbübisch.

Hummel und Riesle waren stumm vor Erstaunen.

»Wissen Sie – ich war mal Pfadfinder. Die Tricks haben sich kaum verändert.« Und dann: »Wann sehe ich Sie denn wieder mal im Münster, Herr Hummel?«

»Äh … nächsten Sonntag«, antwortete Hubertus verlegen. Eigentlich blieb ihm nichts anderes mehr übrig.

Und Didi Bäuerle anzuschwärzen getraute er sich jetzt auch nicht mehr.

Der Dekan gab beiden die Hand und ging in Richtung Pfarramt davon. Irgendwie war er zu beneiden, denn von seinem Arbeitszimmer aus hatte er eine schöne Sicht auf den Münsterplatz und die schön verzierten Zwillingstürme.

Hubertus und Klaus verschwanden im dunklen Flur des Altstadthauses. Dem Klingelschild nach zu schließen, war Claudias Wohnung im ersten Obergeschoss. Sie nahmen die engen Stufen; Hubertus musste bei der weit herunterhängenden Decke achtgeben, sich nicht den Schädel zu stoßen. Klaus passte gerade so hindurch.

Im ersten Stock fanden sie zwei Türen – trotz fehlender Schilder war unschwer zu erkennen, welche zu Claudias Wohnung gehörte, denn ein Siegel mit dem Polizeistempel klebte an einem der Schlösser. Sollten sie einen neuerlichen Einbruchsversuch wagen?

Klaus wollte gerade wieder nach der Telefonkarte in seiner Geldbörse kramen, doch Hubertus hielt ihn zurück. »Wenn uns jemand dabei erwischt, sind wir endgültig dran. Der Kommissar wartet doch nur darauf, unsere Ermittlungen zu behindern. Lass uns jetzt lieber mal bei den Nachbarn klingeln und die fragen«, schlug er vor.

Doch niemand war um diese Zeit zu Hause. Deshalb versuchten sie, hinters Haus zu gelangen – vielleicht gab es ja dort noch Spuren zu entdecken. Hubertus war erleichtert, denn die Verbindungstür war offen. Sonst hätte sich Klaus vermutlich noch weiter als Türknacker betätigt.

Sie betraten den Garten, von dem aus sich Schlingpflanzen an der Rückfassade des Hauses und an den rötlichen Begrenzungsmauern des schlauchförmigen Grundstücks ihren Weg gebahnt hatten. Das Gras stand ihnen fast bis zu den Knien. In den Beeten herrschte ein ziemliches Durcheinander von Unkraut, Salat, Kräuterstöcken und verschiedensten Blumen. Doch irgendwie passte das verwilderte Gärtchen zum ganzen Haus, das ja auch in die Jahre gekommen war.

»Die Fensterreihe rechts muss zu Claudias Wohnung gehören«, mutmaßte Hubertus.

»Genau. Und ich weiß auch schon, wie wir in die Wohnung gelangen«, grinste Klaus.

»Nein, Klaus, das ist zu gefährlich …«

Doch sein Freund hörte schon nicht mehr hin. Er war bereits dabei, sich am Abflussrohr fürs Regenwasser hochzuhangeln. Zumal er etwas entdeckt hatte: Einer der Fensterflügel schien einen Spalt weit offen zu stehen.

Alles Flehen von Hubertus half nichts. Klaus war bereits auf Höhe der Fensterreihe und tastete mit einem Fuß nach dem Fensterbrett. Es folgte der Arm, und schon stand der Freund in der Luke und winkte Hubertus zu sich.

»Aber wenn uns jemand entdeckt?«, flüsterte Hummel nach oben.

»Wer soll uns schon entdecken? Ist doch niemand zu Hause.«

»Vielleicht die Polizei.«

»Die war doch schon hier und hat die Wohnung abgesucht.«

»Und wenn das Rohr meinem Körper … äh … nicht standhält?«

»Jetzt komm schon!«

Zum Glück hielt das Rohr, auch wenn Hubertus schon kräftig daran ziehen musste, um Zentimeter für Zentimeter der Erdanziehungskraft zu entfliehen. Mit einem kräftigen Satz, Klaus' herzhaftem Zupacken und einer kurzen, ungelenken Hängepartie am Fensterbrett – zum Glück war es kein tiefer Abgrund – gelang es Hummel schließlich, auf allen vieren ins Innere der Wohnung zu kriechen. Das Fenster war tatsächlich offen.

Hubertus landete mit beiden Händen auf einem Berg von Papier, Büchern und allerlei Kleinkram. Klaus' Büro war gegen den Zustand von Claudias Wohnung geordnet wie eine Militärparade. Regale standen leer, Schränke offen. Alles schien durchwühlt und auf den Fußboden geschleudert worden zu sein, von dem man nur hie und da ein freies Fleckchen der rotbraunen Holzdielen ausmachen konnte. Die Vitrinengläser eines alten Wandschranks waren zersplittert.

»Die Polizei hat hier aber ganz schön gewütet«, wunderte sich Hubertus.

Klaus hatte jedoch eine andere Erklärung: »Ich

glaube kaum, dass die Kripo so vorgeht. Du kennst doch unseren peniblen Müller, der hätte das den Kollegen von der Spurensicherung nie durchgehen lassen.«

»Du meinst also, dass außer der Polizei noch jemand hier war … der Mörder vielleicht?«

Riesle nickte: »In die Wohnung von Verena Böck wurde nach ihrer Ermordung auch schon eingebrochen. Haus- und Wohnungstür scheinen hier zwar unversehrt, aber du hast ja selbst gesehen: Wenn schon der Dekan ohne Schlüssel reinkommt …«

»Also doch ein Raubmord?«, fragte Hubertus, der gerade ein paar Fotoalben durchstöberte.

»Wohl kaum. Da wüsste ich bessere Raubopfer.« Klaus kramte in einem Stapel von Briefen. Vielleicht stand einer von ihnen ja im Zusammenhang mit Verenas Brief. Er warf auf jeden einen kurzen Blick, aber keiner der Inhalte deutete darauf hin. Einen Computer oder Laptop fanden sie nicht – vermutlich hatte die Polizei den beschlagnahmt.

Im Gang machten sie wieder eine interessante Entdeckung: ein kleines Loch an der Unterseite der Wand. Ein paar zerfetzte Kabelenden hingen heraus, daneben auf dem Boden ein paar Plastiksplitter, die zu der Telefonbuchse gehört haben mussten. Auch der Wandverputz um die Öffnung war in Mitleidenschaft gezogen worden.

»Sieh mal einer an.« Klaus kniete nieder, um die Kabelenden und das Loch näher in Augenschein zu nehmen. »Die Kabel scheint jemand abgerissen zu haben.«

»Na, klar: die Polizei«, mutmaßte Hubertus.

»Die würde nicht so vorgehen«, widersprach Klaus. »Aber warum sollte dieser Unbekannte ausgerechnet ein Telefon klauen?«

»Und vielleicht auch einen Anrufbeantworter«, ergänzte Hubertus. »Der kostet doch heutzutage keine fünfzig Euro mehr.«

»Natürlich, Huby!« Klaus schlug sich mit beiden Händen auf die Stirn. »Der Anrufbeantworter! Der hatte keinen finanziellen, sondern einen ganz anderen Wert für den Einbrecher! Wahrscheinlich wollte der Mörder irgendwelche Spuren verwischen. Nachrichten, die er vielleicht beim Opfer hinterlassen hat. Und bei Verena war das wohl auch der Fall! Bei ihr fehlte laut Polizei ebenfalls ein Anrufbeantworter!«

Auch Hubertus kniete nun nieder und tastete mit dem Finger in der breiten Öffnung herum. »Das deutet auf jeden Fall darauf hin, dass die beiden Morde etwas miteinander zu tun haben.«

»Und unser Brief …«, wollte Klaus gerade ansetzen, als durch die Wohnungstür Stimmen drangen. Eine davon war Hummel und Riesle wohlbekannt: die genervten Stimmbänder von Hauptkommissar Müller. Die alten Treppenstufen ächzten bereits unter dem Körpergewicht der Kriminalpolizisten.

»Ab durchs Fenster!«, flüsterte Klaus, der den verdatterten Hummel am Arm hinter sich her zog. Schon drehte sich der Schlüssel im Türschloss. Jetzt aber schnell! Für Kletterpartien war keine Zeit mehr.

Klaus sprang als Erster vom Fensterbrett in den verwilderten Garten. Zum Glück machte die Landung im weichen Gras kaum ein Geräusch.

Hubertus kam gleich hinterher. Er hörte noch Müllers Worte: »Nehmen Sie den Telefonanschluss noch mal genau in Augenschein …«

Dann spürte Hummel einen stechenden Schmerz im Fußgelenk. Ein heftiger Schrei wollte sich den Weg durch seine Kehle bahnen. Aber die Angst, entdeckt zu werden, ließ ihn die Luft anhalten und die Zähne zusammenbeißen.

Doch Klaus erkannte an den Grimassen seines Freundes, dass etwas nicht stimmte. Er legte seinen Arm um Hubertus' Nacken. So schlichen sie eng umschlungen zurück durch den langen, schier endlos gewordenen Hausgang, hinaus auf die Kanzleigasse, wo nicht nur der verwaiste Polizeiwagen, sondern auch die malerische Gasse unter der heißen Sonne einen sanften Mittagsschlaf zu halten schien…

19. KAFFEE UND TAGEBUCH

»Soll ich dir ein Autogramm draufsetzen?«, versuchte Klaus seinen Freund aufzumuntern.

Aber Hubertus schaute nur gequält. Die Schweißtropfen liefen ihm über die breite Nasenspitze. Mit einer Bandage und Krücken im Treppenhaus der Schwenninger Berufsakademie in der Bürkstraße herumzuhumpeln war gar nicht nach seinem Geschmack. An die Hilfsmittel hatte er sich auch zwei Tage nach dem Unfall noch nicht gewöhnt. Und dann Klaus' seltsamer Humor ...

»Du immer mit deinen blöden Einfällen«, zischte Hummel. »Autorennen und Kletterpartien. Das nächste Mal brech ich mir wahrscheinlich das Genick bei unseren Recherchen.«

»Sei froh, dass es nur ein Bänderriss und kein gebrochener Fuß ist. Außerdem hast du noch ein paar Tage Urlaub und musst dich vorläufig nicht zum Gespött deiner Schüler machen. Und hat sich die Aktion etwa nicht gelohnt? Wir sind ein ganzes Stück weitergekommen, und Müller hat uns auch nicht erwischt.« Riesle ließ sich seine gute Laune nicht verderben. Er hatte beschlossen, zugunsten des Mordfalls einige freie Tage abzubauen – immerhin blieben ihm davon noch dreiundachtzig. Er stieg ein paar Stufen hinab, um Hubertus unter die Arme zu greifen.

Sie befanden sich im ehemaligen Gebäude der Energieversorgung Schwaben, direkt gegenüber der früheren EMES-Uhrenfabrik.

»Herein«, ertönte eine Frauenstimme aus dem Zimmer von »Prof. Dr. Frank Jauch«, wie auf dem Türschild zu lesen war.

Der junge Professor saß am Schreibtisch. Irene, seine Geliebte, stand daneben. Siebter Monat, schätzte Hummel und musste an Martina denken.

»Sie wünschen?«, fragte der Professor und klappte den Laptop zu. Sein Arbeitsplatz sah dem der beiden ermordeten Frauen sehr ähnlich. Auch hier herrschte Sterilität vor.

»Das ist mein Kollege Hummel, mein Name ist Klaus Riesle. Wir sind Privatdetektive und ermitteln im Mordfall Ihrer ehemaligen Lebensgefährtin Verena Böck.«

Gespannt verfolgten Klaus und Hubertus die Reaktionen der beiden. Er, gut aussehend, mit mindestens einer halben Tube Gel im Haar, offenem karierten Hemd und schickem Sakko, wirkte unbeeindruckt. Doch Irenes Blick hatte etwas Erschrockenes.

»Dann wissen Sie ja, wo die Tür ist«, deutete Verenas Exfreund mit der Hand in Richtung Gang.

»Nicht so voreilig, mein Lieber«, verschärfte Klaus den Ton. »Aus gut unterrichteten Kreisen« – Riesle gebrauchte diese Formulierung täglich mindestens dreimal – »haben wir erfahren, dass Ihnen vorgeworfen wird, sich Ihre Dissertation erschlichen zu haben.«

Frank verschränkte die Arme und lehnte sich scheinbar entspannt zurück. »Also erstens ist das erstunken und erlogen, und zweitens: Ich wüsste nicht, was Sie das angeht.«

Jetzt schaltete sich Hubertus ein: »Eine ganze Menge, Herr Jauch. Vielleicht wusste Verena Böck davon. Wollten Sie sie beseitigen?«

»So eine Unverfrorenheit!«, kam es von der Seite. »Machen Sie, dass Sie sofort das Büro verlassen!«, schrie Irene hysterisch. Ihr Gesicht war rot angelaufen.

»Beruhige dich, Schatz. Jede Aufregung schadet doch dir und dem Kind.« Dann richtete er sich wieder an Hummel und Riesle: »Gehen Sie jetzt bitte!«

»Also gut, aber die Polizei und den Rektor wird diese Geschichte sicher interessieren«, drohte Klaus im Hinausgehen. Er hatte schon den Türgriff in der Hand.

Frank wirkte unschlüssig. Dann sagte er: »Moment. Warten Sie. Irene, könntest du den Herren ausnahmsweise einen Kaffee zubereiten?«

Hubertus und Klaus drehten sich um und folgten seiner Aufforderung, sich zu setzen. Irene verließ mit beleidigter Miene das Zimmer und ging nach nebenan. Die Verbindungstür ließ sie allerdings offen stehen.

»Sie sind gut informiert«, setzte er dann an. »Ein Kollege hat mich angeschwärzt. Ich bin ihm«, er wirkte nun wieder selbstsicherer, ja arroganter, »wohl eine

Spur zu erfolgreich. Dessen Spezialität ist auch weniger die Wissenschaft als vielmehr die Diffamierung.«

»Wo ist denn dieser Kollege jetzt?«, fragte Klaus.

»Unerreichbar. In Südostasien«, antwortete Frank Jauch. »Vorgestern geflogen.«

»War er auch auf dem ›Spring Break‹?«, wollte Klaus wissen, um ganz sicherzugehen.

Frank Jauch nickte. Dann blickte er die beiden Detektive an: »An der Sache ist wirklich nichts dran. Und mit Verena hat das Ganze schon gar nichts zu tun.«

Doch Klaus insistierte: »Um uns das zu sagen, haben Sie uns aber sicher nicht zurückgerufen. Können Sie uns irgendwelche Angaben über die Morde an Verena Böck oder Claudia Metzger machen?«

»Ich habe mit den Todesfällen nichts zu tun. Das müssen Sie mir glauben.«

Er hielt kurz inne, beugte sich nach vorn und stützte seinen Kopf auf die rechte Hand. Er schien seiner Strategie plötzlich nicht mehr sicher zu sein. Was half wohl bei diesen beiden Typen? Eine Drohgebärde oder eher ein verständnisvolles Miteinander? »Ich kann Ihnen in den Todesfällen nicht weiterhelfen. Und ich möchte mir nicht mein Leben durch falsche Vorwürfe zerstören lassen. Also muss ich Sie bitten, diese lächerliche Geschichte mit der Dissertation für sich zu behalten«, sagte er.

»Berichten Sie uns über Ihr Verhältnis zu Verena während der letzten Monate«, forderte ihn Klaus auf.

»Zwischen Verena und mir war es aus. Natürlich

war sie sauer auf mich. Aber glauben Sie, ich bringe sie deshalb um?«

»Die Dissertation wäre aber schon ein guter Grund gewesen«, unterbrach ihn Hubertus.

»Ich habe ein Alibi. Zur Mordzeit war ich mit meiner Lebensgefährtin zu Hause. Außerdem soll der Mörder ja Kratzspuren davongetragen haben. Die habe ich nicht. Die Polizei war deshalb schon bei mir – auch habe ich freiwillig eine Speichelprobe abgegeben.«

»Sie könnten aber zum Mord angestiftet haben«, konterte Hubertus.

Es klopfte an der Tür. »Hallo, Frank«, sagte ein gut gekleideter Enddreißiger. »Kannst du mir ein ganz bestimmtes Buch leihen?« Den Mann, der nun ins Büro eintrat, kannten sie: Bernd Bieralf.

»Klaus! Was macht ihr denn hier?«, fragte er.

»Ach, du kennst die Herren Detektive?«

Riesle war das gar nicht recht. Auch Bieralf schien einigermaßen überrascht, versuchte sich dann aber dahingehend nützlich zu machen, indem er sagte: »Du kannst ihnen vertrauen, Frank. Sie arbeiten seriös.« Er verabschiedete sich rasch.

Frank sagte etwa eine Minute lang gar nichts, ehe er sich zur Seite beugte, die Schreibtischschublade öffnete und etwas herauszog. Er schob ein längliches Buch über den Tisch. »Das ist Verenas Tagebuch«, klärte er auf.

»Und was hat das bei Ihnen im Schreibtisch zu suchen?«, fragte Klaus.

»Irene hat es mir am Morgen nach dem Mord an

Claudia gebracht. Sie hat ihr Büro neben dem der getöteten Frauen. Und das stand offen. Jemand war über Nacht eingebrochen.«

Das überraschte Klaus und Hubertus nicht wirklich. »Ja und?«, setzte Hummel nach.

»Irene hat das Tagebuch auf dem Boden neben Claudias Schreibtisch gefunden. Sie hat es an sich genommen. Vermutlich beging sie damit einen großen Fehler. Sehen Sie es sich mal genau an.«

Die Aufforderung war überflüssig, denn Klaus blätterte bereits darin.

»Einige Seiten wurden herausgerissen …«, fuhr Frank fort.

»… und auf anderen Seiten stehen sehr interessante Andeutungen über Ihr Verhältnis zu Frau Böck«, unterbrach ihn Klaus. »Fast kein Tag, an dem Sie nicht in einer Eintragung erwähnt sind: Frank ist ein Schwein, Frank betrügt mich, Frank verachtet mich, und, und, und.«

»Können Sie uns das erklären?«, hakte Hubertus nach.

»Das war doch nur in einer bestimmten Phase. Verena und ich hatten eine Weile nicht das beste Verhältnis. Sie tat sich schwer mit unserer Trennung. Deshalb die Einträge.«

»Warum hat Ihre Geliebte … äh« – Hubertus räusperte sich –, »… hat Ihre Lebensgefährtin denn das Tagebuch an sich genommen?«

»Sie fürchtete, dass die Polizei mich grundlos verdächtigen könnte. Denn dass die nach dem Mord nochmals das Büro durchsuchen würde, war ja klar. Und das Tagebuch war fast so platziert, dass die Polizei darüber gestolpert wäre. Aber ich habe wirklich nichts zu verbergen.«

»Dürfen wir das Tagebuch mitnehmen?«, fragte Klaus forsch.

»Nein, das geht nicht.«

»Dann wollen wir wenigstens ein paar Seiten kopieren«, verhandelte Klaus.

Frank zögerte: »Unter der Bedingung, dass Sie nichts davon der Polizei zeigen und sie nicht mit dieser Dissertationsgeschichte behelligen. Verstehen Sie mich nicht falsch: Schon grundlose Verdächtigungen könnten mich meine Karriere kosten.«

Klaus spitzte genüsslich die Lippen. »Abgemacht!«

Im Türrahmen stand Irene mit einer vollen Kanne Kaffee. Sie war überaus blass: »Frank. Mir ist übel.«

20. ROTE SPUREN

»Also?«, fragte Klaus seinen Beifahrer, während er den Ortseingang von Zollhaus passierte. Das beschauliche Dorf zwischen Villingen und Schwenningen erinnerte nicht nur mit seinem Namen an die einstmalige Grenze. Dort standen immer noch Schlagbaum und Grenzsteine, die früher einmal das Königreich Württemberg vom Großherzogtum Baden getrennt hatten.

Den Umweg hatten sie nehmen müssen, um Edelbert Burgbacher abzuholen. Der wollte dort nämlich ein neues Open-Air-Theaterprojekt auf die Beine stellen. Schließlich hatte der Zweihundert-Einwohner-Flecken seit Neuestem auch wieder einen eigenen Bahnanschluss. Nach jahrelanger Planung war der »Ringzug« fertig geworden, der die gleichermaßen strukturschwachen Landkreise Schwarzwald-Baar, Rottweil und Tuttlingen miteinander verband. Allerdings blickten beim Fahrplan nur ausgekochte Profieisenbahner durch.

Hubertus Hummel war immer noch schlecht auf Frank zu sprechen: »Ich traue dem nicht. Das ist ein falscher Fuffziger. Und natürlich hat er seine Dissertation nicht selbst geschrieben.«

»Aber er scheidet als Täter aus«, entgegnete Riesle.

»Das glaubst du«, meinte Hummel und rückte seinen bandagierten Fuß mit beiden Händen ein paar Zentimeter weiter nach rechts. Er hatte sich auf den ehrgeizigen Wissenschaftler eingeschossen.

»Mir kommt diese Irene komischer vor«, meinte Riesle. »Klar ist man durch den Wind, wenn man schwanger ist.« Er blickte Hubertus amüsiert an. »Das wirst du bei Martina ja auch bald noch merken. Aber ich habe den Eindruck, dass die mehr weiß. Wir müssen da dranbleiben. Vielleicht hat Irene aus Angst, dass Verena wegen der Dissertation auspackt und den Ernährer ihres Kindes ruiniert, den Mord in Auftrag gegeben. Möglicherweise sogar bei diesem Heimburger.«

»Hast du eigentlich mit Bademeister Willy gesprochen, ob Heimburger noch mal im Kneippbad aufgetaucht ist?«, fragte Hubertus, während Riesle den Kadett auf den Parkplatz eines Restaurants lenkte. Edelbert diskutierte dort, theatralisch gestikulierend, mit dem Geschäftsführer seines Theaters und einem Landwirt, um diesen die Dimension des Projekts zu erklären.

Hubertus stieg aus und humpelte auf die Gruppe zu, während Riesle den Bademeister anrief.

Fünf Minuten später saßen sie zu dritt im Auto: »Banausen«, schimpfte Burgbacher lautstark. »Elende Banausen. Sollen sie doch den Musikantenstadl nach Zollhaus kommen lassen – aber kein seriöses Theater!«

Doch weder Hubertus noch Klaus hatten derzeit ein Ohr für seine Sorgen.

»Willy sagt, Heimburger ist immer noch nicht wieder aufgetaucht«, berichtete Riesle.

»Willy?«, unterbrach Burgbacher theatralisch. »Der kann sich seine Rolle bei mir auch abschminken. Ich höre auf – ich bin doch nicht der Trottel der Schwarzwälder Kulturszene.«

Riesle redete derweil ungerührt weiter. »Interessant ist aber Folgendes: Als heute Morgen die Frühschwimmer kamen, stand die Polizei vor dem Kneippbad und bat jeden um eine Speichelprobe. ›Auf freiwilliger Basis‹, hieß es. Aber ist doch klar: Der, der sich weigert, macht sich erst recht verdächtig. Und die mit den Neoprenanzügen mussten ihren nackten Oberkörper zeigen – wahrscheinlich wegen möglicher Kratzspuren.«

»Speichelprobe«, wiederholte Hummel. »Klar, Verena hat bei ihrem Widerstand den Täter verletzt. Sicher haben sie unter ihren Fingernägeln Hautfetzen gefunden. Das heißt, sie haben die Täter-DNA und gleichen sie jetzt mit der DNA aller möglichen Verdächtigen ab.« Er fuhr auf die B 33. Sie befanden sich jetzt direkt oberhalb Villingens.

Während Burgbacher sich beschwerte, ob er denn der Einzige »in diesem Kaff« sei, dem die Kultur am Herzen liege, war Klaus wieder an der Reihe: »Apropos Speichelprobe. Müsste an dem Brief, den Verena bekommen hat, nicht auch Speichel sein? Zumindest am Umschlag – oder? Ich jedenfalls lecke die Gummierung der Briefumschläge selbst ab, bevor ich sie zuklebe.«

»Wir müssen das untersuchen lassen«, stimmte Hubertus zu. »Gib deinem pensionierten Kommissar nicht nur den Brief, sondern auch den Umschlag!«

Der Rückweg führte die Freunde, nachdem sie den immer noch wutschnaubenden Edelbert abgesetzt hatten, an der Villinger Geschäftsstelle des *Kuriers* vorbei. Klaus ließ sich bei den zuständigen Damen im Erdgeschoss die Antworten auf die Chiffreanzeige VL – 04 887 zeigen. Schließlich hatte er sich autorisieren lassen, diese abzuholen.

»Glück gehabt, Klaus«, grinste die Geschäftsstellendame und überreichte ihm nach einigem Kramen einen Packen mit mindestens zwanzig Briefen.

»Und das am ersten Tag nach Erscheinen der Anzeige«, stöhnte Hummel.

Noch im Auto öffnete er die ersten Umschläge. Auch Klaus konnte sich kaum auf den Verkehr konzentrieren und schielte immer wieder zum Beifahrersitz, wo Hubertus die Zuschriften kommentierte: »Schleimer!« Und beim Nächsten: »Ha! Das ist ja ein Analphabet.«

In den zehn Minuten Fahrzeit waren es ein Dutzend Briefe, mit denen sich Hubertus beschäftigte. Die meisten versuchten, damit zu punkten, dass sie per Brief und nicht mit einer Mail antworteten – weil das doch viel romantischer sei. Hummel war nicht völlig frei von Eifersucht. Diese Männer wollten sich immerhin mit seiner Frau treffen.

»Hör dir das mal an, Klaus«, sagte er kopfschüttelnd. »Meine Blume, ich praktiziere seit zwölf Jahren Tantra.« Er senkte den Brief. »Ferkel!« Hubertus las weiter: »Außerdem höre ich täglich in der Badewanne meine CDs mit Gesängen der Buckelwale.«

Klaus lachte: »Das mit der Meditationserfahrung hätte Elke in der Anzeige besser weggelassen.«

Der Kadett stand nun schon vor Hummels Haus, doch die Freunde konnten kaum von den Briefen lassen. »Hier hat einer einen tabellarischen Lebenslauf angegeben«, sagte Hubertus: »1995–1998: Umstellung auf makrobiotische Ernährung, 1999–2003: Verkraften einer Beziehungskrise.«

»Au, Mann!«, stöhnte Klaus.

Drinnen saßen Elke und Martina am Küchentisch. Wenn Hubertus die Räucherstäbchenatmosphäre richtig deutete, handelte es sich um ein Mutter-Tochter-Gespräch: »Hallo, Schatz: Martina wird unter Wasser gebären«, verkündete Elke stolz, als Hubertus zur Tür hereinkam.

Dem fehlte erwartungsgemäß das Verständnis, wobei seine Toleranz durch die Lektüre der zahlreichen Briefe eher noch verringert worden war: »Willst du dein Neugeborenes ersäufen? Ist das jetzt die moderne Version von Abtreibung? Haben euch die Räucherstäbchen das Hirn vernebelt?

Zwar hatte er in seiner Studentenzeit mehrfach Listen für ein Recht der Frauen auf freie Abtreibung unterschrieben – schließlich war damals der Paragraf 218 heiß diskutiert worden. Und bei einigen Studentinnen war das gut angekommen. Von »Mein Bauch gehört mir«-Slogans hielt er allerdings schon viele Jahre nichts mehr. Und sosehr er über die Nachricht der Schwangerschaft und den potenziellen Vater entsetzt gewesen war: Klammheimlich freute er sich mittlerweile schon auf das Kind.

Die yogaerfahrene Elke blieb angesichts der Hummel'schen Ausbrüche ruhig: »Ach, Schatz, Abtreibung wäre doch ganz schlecht für Martinas Karma. Nein, das ist eine total sanfte Geburtsmethode – schade, dass das damals noch nicht möglich war.«

Dann fiel ihr Blick auf die Briefe – und ihre Miene änderte sich: »Sind das die Antworten auf meine Anzeige? Also, das finde ich wirklich nicht gut, dass du da schon welche geöffnet hast. Das sind persönliche Dokumente.«

Zehn Minuten später saßen Elke, Martina, Hubertus und Klaus um den Küchentisch und lasen die Zuschriften gemeinsam. Der an Verena Böck gerichtete Brief auf blutrotem Papier lag in der Mitte des runden Tisches, doch bislang wies keine der Antworten eindeutige Parallelen auf.

Hubertus ärgerte sich: »Von der Schrift her erkenne ich keine Übereinstimmung. Und inhaltlich schleimen die alle mehr oder weniger das Gleiche. Von wegen ›Dein bezaubernder Brief‹ und ›man merkt, dass Du Sternzeichen Waage bist: Deine Zeilen vermitteln einen ausgeglichenen Charakter‹. Außerdem sind die Typen fast alle über fünfzig.«

Elke widersprach: »Aber Hubertus, ich finde die meisten Briefe sehr aufrichtig. Diese Männer stehen zu ihren Gefühlen – und dazu gehört sehr viel Mut.«

»Alles Waschlappen«, knurrte Hubertus. Er hatte

seine Krücken an den Kühlschrank gelehnt und schlechte Laune. Seine Verletzung tat ihm weh – trotz der Schmerztabletten, von denen er wenige Stunden zuvor gleich eine Großpackung erworben hatte. Gekauft hatte er sie ausgerechnet in der Apotheke von Stadtrat Schulz. Der Schmerz war in dem Moment, in dem er in der Fußgängerzone an dessen Geschäft vorbeigekommen war, besonders akut gewesen. Normalerweise setzte Hummel nie einen Fuß in den Laden dieses Typen, dessen eitles Leben vorwiegend um seine Wirkung auf das weibliche Geschlecht zu kreisen schien. Und auf Elke hatte er es schon seit Jahren abgesehen. Zum Glück war Schulz nicht da gewesen, wie Hubertus durch einen Schaufensterblick erspäht hatte. Ein ältliches Fräulein hatte ihn stattdessen bedient. Auf die Tabletten aus der Apotheke Schulz sprang Hummel jedenfalls wohl nicht an. Eigentlich kein Wunder! Er würde morgen eine andere Apotheke aufsuchen und sich ausführlich beraten lassen, beschloss Hubertus …

»Das hier ist auch nett«, meinte Elke. »›Wie eine Blume am Winterbeginn – und so wie ein Feuer im eisigen Wind – wie eine Puppe, die keiner mehr mag – so fühl ich mich an manchem Tag …‹ Ein selbst geschriebenes Gedicht, süß.«

Hubertus überlegte. Dann fiel der Groschen: »Selbst geschrieben? Das ist irgendein Schlagertext. Kann ja wohl nicht wahr sein!«

Klaus stimmte zu: »Das ist *Ein bisschen Frieden* von

Nicole. Damit haben wir immerhin den Schlager-Grand-Prix gewonnen. 1982, wenn ich mich nicht irre.«

Er grinste. »Und relativ viele haben Bilder mitgeschickt. Klasse – drei Typen kenne ich bisher vom Sehen. Und einen, diesen Pit, mit dem habe ich mal eine Geschichte gemacht: Der antwortet seit zwanzig Jahren auf fast jede Kontaktanzeige – aber die richtige Frau hat er immer noch nicht gefunden …«

»Von fast allen stehen Telefonnummern oder Adressen da«, überlegte Hubertus. »Sollen wir die denn alle kontaktieren?«

»Die Zeit haben wir gar nicht«, widersprach Klaus. »Und solange sich kein eindeutiger Verdachtsmoment ergibt …«

Nun meldete sich Martina zu Wort, der diese Aktion ausgesprochenen Spaß zu machen schien, wie man an ihrer Stupsnase erkennen konnte: »He – hier: blutrotes Briefpapier!«, rief sie.

Hubertus riss ihr den Brief aus der Hand. »Bla bla bla«, las er quer. »Sei meine Blume – und ich werde Dich hegen und pflegen, Dich auf Rosen betten.« Er blickte Klaus an: »Das könnte er sein. Das könnte passen.«

Klaus nahm sich den Brief nun ebenfalls vor: »Die Farbe des Stiftes ist eine andere als bei Verena, aber das hat nichts zu bedeuten. Wer benutzt denn sonst schon blutrotes Briefpapier? Und das mit der Schrift ist schwer zu beurteilen, könnte aber auch hinkommen.«

Hubertus' Blick richtete sich auf das Ende des Briefes: »Die Telefonnummer: 0761 – das ist doch Freiburg!«

»Elke, ruf diesen Menschen doch gleich mal an, und verabrede dich möglichst bald mit ihm«, sagte Klaus. »Huby und ich passen dann schon auf dich auf.«

»Wenn wir sehen, dass er Kratzspuren am Körper hat oder sich sonst auffällig benimmt, dann ist das unser Mann«, meinte Hubertus.

»Und wenn er dir besser gefällt als Huby, kannst du ja zu ihm ziehen«, meinte Klaus – und kassierte einen Schlag mit der Krücke. Nachdem Elke einige Monate nicht mehr bei Hubertus gewohnt hatte, würde dieser über derartige Scherze noch lange nicht lachen können.

21. ZELTMUSIK

Die Hitze brannte immer noch unbarmherzig auf das Autodach, obwohl sich der Kadett nun schon auf einer Meereshöhe von fast neunhundert Metern befand und es beinahe achtzehn Uhr war. Im Wagen saßen Klaus mit seiner Freundin Kerstin, Hubertus und seine Gattin Elke, die sich bezaubernd zurechtgemacht hatte. Ein Hauch von Lippenstift und dezent Kajal – genau der Geschmack von Hubertus. Doch der hatte sich heute zurückzuhalten: Schließlich würde sich Elke in einer guten Stunde mit einem anderen Mann treffen.

Das Telefonat am gestrigen Abend war zur vollsten Zufriedenheit von Hubertus und Klaus verlaufen. Der Mann, der den seltsamen Namen Pehar trug, hatte sich schon für den nächsten Tag zu einem Treffen bereiterklärt. Er hatte Elke sogar eingeladen – und zwar auf das Zelt-Musik-Festival, das alljährlich vor den Toren Freiburgs stattfand. Dort sollte am Abend der Gitarrist Pat Metheny auftreten – unterstützt von einem Freiburger Kinderchor.

Um neunzehn Uhr sollten sie sich dort beim indischen Spezialitätenstand treffen. Auf Elkes Frage, wie sie sich denn erkennen würden, hatte Pehar gesagt: »Meine Liebe, unsere Seelen werden sich erkennen.«

Es war eine außerordentlich schöne Fahrt durch den Schwarzwald. Hubertus fühlte sich einmal mehr an seine Studienzeit erinnert, in der er diesen Weg von Villingen nach Freiburg häufig gewählt hatte. Über Herzogenweiler ging es, später durch Hammereisenbach und Urach, dann auf die »Kalte Herberge«, wo sich im Winter unzählige Skifahrer tummelten und jetzt braunweiß gefleckte Kühe grasten.

»Herrlich«, schwärmte Hubertus, als sie dort auf die von Furtwangen kommende B 500 abbogen. »Mal ehrlich: Welche Landschaft kann es mit dem Schwarzwald aufnehmen? Keine. Satte grüne Wiesen, dichte Tannen, einsame Schwarzwaldhöfe und eine phantastische Sicht.«

Diese hohe Meinung vom Schwarzwald schienen auch andere zu haben, wie sich auf den nächsten Kilometern herausstellte: Hannoveraner, Berliner, Magdeburger und Bottropper, die vor ihnen ein durchaus gemächliches Tempo an den Tag legten.

Riesle gab Vollgas, während er die nicht gerade einfache Strecke, den »Spirzen«, hinunterbrauste, auf der es zu einem guten Teil keine Fahrbahnmarkierungen gab und die sich in Serpentinen ein enges Schwarzwaldtal hinunterschlängelte.

Kerstin war sauer: »Nicht so schnell, Klaus!«

»Hier geht es um die Aufklärung der Morde an deinen Freundinnen. Freu dich lieber über unser Engagement«, gab der zurück. So ganz schien die Beziehung zwischen den beiden noch nicht wieder im Lot zu sein, doch Kerstin blieb die Antwort schuldig und übte sich in einer von Elke erlernten Entspannungstechnik.

Tatsächlich hatte Riesles Fahrweise den Vorteil, dass sie sehr zügig nach Freiburg kamen. Riesle raste, die »Lärmschutz«-Verkehrsschilder ignorierend, durch die Tunnel vor den Toren der Stadt. Einen Strafzettel hätte er sich damit redlich verdient, wie Kerstin meinte. Nachdem sie einmal quer durch Freiburg gefahren waren, kamen sie um zehn vor sieben auf dem Parkplatz des Zelt-Musik-Festivals am auch als Tierpark bekannten Mundenhof an.

»Fünf Euro für einen Parkplatz – das ist Piraterie«, schnaubte Hubertus.

»Wären Sie mit öffentlichen Verkehrsmitteln gefahren ...«, gab der Ordner zurück.

Freiburg eben.

Hubertus instruierte Elke derweil zum ungefähr fünften Mal. »Schatz – keine Angst, wir sind bei dir. Verwickle ihn unauffällig in ein Gespräch über das Schwimmen in Freibädern oder über die Schwenninger Fachhochschule. Sei aber vorsichtig.«

»Wenn er keine Kratzspuren im Gesicht hat, müsstest du mal sehen, ob du auf den Armen oder dem Oberkörper welche findest«, meinte Klaus.

»Soll sie ihm etwa das Hemd ausziehen?«, fragte Hubertus missmutig. Mit seinen Krücken tat er sich schwer, auf dem Weg vom Parkplatz zum Eingang mitzuhalten.

Klaus drückte Elke noch einen Prospekt des Villinger

Innenhof-Festivals in die Hand. Den sollte sie Pehar unter einem Vorwand zeigen, um an seine Fingerabdrücke zu kommen.

Elke nickte artig und verstaute das Faltblatt in ihrer Handtasche.

Doch Klaus war noch nicht fertig: »Achte unbedingt darauf, welches Profil seine Schuhe haben. Und am besten wäre es, wenn du auch eine DNA-Probe von ihm bekommen würdest. Vielleicht ein Haar oder noch besser: Speichel.«

Elke sah ihn nur fassungslos an.

Sie ließen ihr dreißig Meter Vorsprung – schließlich sollte sie nicht in Begleitung gesehen werden.

»Wie wollt ihr sie denn beschatten, wenn sie im Zelt beim Konzert sind?«, fragte Kerstin.

Ein berechtigter Einwand: »Wir … wir müssen uns eben eine Karte kaufen, und einer von uns geht dann mit hinein«, sagte Hummel unschlüssig. »Für die Sicherheit meiner Frau ist mir nichts zu teuer.«

Sie betraten das Gelände. Links, nahe dem Eingang, war das kleinere »Spiegelzelt«, in dem wie jedes Jahr die Konzerte mit Klubatmosphäre stattfanden. Geradeaus, hinter dem Beachvolleyballfeld, stand das große Zirkuszelt, in das Elke bald verschwinden würde. Rechts und links befanden sich zahlreiche Buden, in denen man von Herzhaftem bis Süßem so ziemlich alles kaufen konnte.

Vor ihnen zeigte gerade ein Jongleur seine Künste, weiter hinten sorgte ein Feuerspucker für meterhohe

Stichflammen. Auf den orangefarbenen Holzbänken saßen zahllose Menschen, die die Abendsonne genossen.

Am Rand des weitläufigen Platzes entdeckte Elke den Stand mit dem indischen Essen. Sie postierte sich an einem der Stehtische rechts davon. Scharfes Curry und andere exotische Gewürze lagen in der Luft. Die Verkäufer trugen traditionelle indische Kleidung und konnten sich über mangelnde Geschäfte nicht beklagen.

Es war genau neunzehn Uhr.

»Du bist es«, sagte nach wenigen Sekunden ein etwas zerlumpt aussehender Mann zu ihr.

»Hallo«, sagte Elke. Das war er dann wohl.

»Du bist diejenige, die die neue Obdachlosenzeitung kaufen will«, fuhr der Mann fort und wedelte mit einem Packen vor ihrer Nase herum.

Nein, er war es doch nicht.

Elkes gutes Herz siegte rasch: Sie gab dem Mann zwei Euro, nahm die Zeitung und blätterte in ihr, ohne den Inhalt wirklich wahrzunehmen. Langsam spürte sie Angst in sich aufsteigen. Sie versuchte sich an einer Atemübung, was in dem Gewusel gar nicht so einfach war.

Kerstin, Hubertus und Klaus hatten sich mittlerweile in einigen Meter Entfernung auf einer der Bierbänke niedergelassen.

»Meine Seele sagt: Du musst es sein«, ertönte erneut eine Stimme neben Elke. Sie zuckte zusammen, in ihrer

Übung gestört, und blickte in das vollbärtige Gesicht eines mit zahlreichen Amuletten behängten, kräftig gebauten Mannes. Er mochte vielleicht Anfang fünfzig sein und hatte ein mit Verzierungen besticktes Leinenhemd an, das aus einem anderen Winkel der Welt zu stammen schien. Sein Parfum roch intensiv. Das war er nun wirklich.

»Hallo«, sagte Elke wieder. »Ich bin Elke.«

»Wir haben einander gefunden – das weiß ich schon jetzt«, sagte der Mann. »Ich bin Pehar.« Er fasste Elke am Arm, die sichtlich bemüht war, sich nichts anmerken zu lassen.

»Na, toll«, kommentierte Hubertus von seinem Logenplatz aus. »Einer, der Frauen gleich antatscht. Am liebsten würde ich ihm gleich eins mit der Krücke … Außerdem hat er so ’nen dichten Bartwuchs, dass man die Kratzspuren gar nicht sehen könnte.«

Innerhalb der nächsten Stunde konnten die drei Beobachter mitverfolgen, wie sich Elke recht angeregt mit dem Mann zu unterhalten schien. Erst aßen die beiden etwas Indisches, dann spendierte er ihr ein Getränk.

»Sie darf das nicht trinken«, wurde Hubertus unruhig. »Was, wenn er da jetzt unauffällig Gift reingetan hat – so wie bei Claudia?«

»Hubertus, bleib ruhig. Wieso sollte er sie zu Beginn des Abends vergiften? Wir haben alles im Griff«, beschied ihn Klaus.

Das änderte sich allerdings rasch. Pehar und Elke

stellten sich nämlich in der Schlange vor dem Zelteingang an – und als Klaus und Hubertus schließlich ebenfalls am Kassenhäuschen angelangt waren, sahen sie den mit dickem Filzstift bemalten Pappkarton: »Ausverkauft.«

Mittlerweile war Elke mit dem Vollbärtigen im Zelt verschwunden.

Die Freunde mussten das Doppelte des ursprünglichen Eintrittspreises berappen, bis sie sich ein Schwarzmarktticket gesichert hatten. Klaus betrat das Zelt, während Hubertus und Kerstin wieder auf einer Bank bei den Essensständen Platz nahmen. Recht klar drangen die Töne von Pat Methenys Gitarre nach draußen. Immerhin.

Da Kerstin aber bald eine Lehrerkollegin traf, blieb Hubertus alleine mit seinen Gedanken. War das hier nicht zu riskant? Verfolgten sie überhaupt die richtige Spur? Wäre es nicht vernünftiger gewesen, erst zielgerichtet Heimburger zu suchen? Und: Was, wenn dieser Pehar nicht der Mörder war, aber er und Elke tatsächlich glaubten, sie seien Seelenverwandte?

Da kam Klaus zurück. »Ich habe sie gesehen. War gar nicht so einfach – das Zelt ist recht groß und natürlich voll.«

»Und?«, fragte Hubertus.

»Alles in Ordnung«, beruhigte ihn Riesle. »Ich glaube nicht, dass der sie umbringen will. Sie knutschen gerade rum.«

Hummels Krücken fielen zu Boden. Dann begriff er,

dass Klaus wieder einmal eine Kostprobe seines herzhaften Humors gegeben hatte.

Da die Eintrittskarten nicht entwertet wurden, machte sich nun Hubertus auf den Weg in das Zelt. Von seinem Freund instruiert, fand er sich schnell zurecht und als quasi Behinderter sogar noch einen Sitzplatz – nur etwa zwei Bankreihen und einige Meter von seiner Frau entfernt. Er versuchte, im Halbdunkel irgendwelche Kratzspuren an dem Mann zu erkennen – vergeblich.

Nun schob Pehar seine Hand in die von Elke. Nur unter Aufbietung all seiner Kräfte und aufgrund der Tatsache, dass Elke dessen Hand sanft zurückschob, gelang es Hubertus, das Konzert nicht schreiend zu unterbrechen. Doch er musste hier raus – sonst würde er diesen Waldschrat umbringen.

Vor dem Zelt überließ er Klaus erneut seine Karte, was der Kontrolleur mit pikierter Miene zur Kenntnis nahm.

»Wir müssen endlich rauskriegen, ob dieser Idiot irgendwo Kratzspuren hat«, sagte Hubertus.

Nach vier Zugaben war das Konzert vorbei; bei jeder war Hubertus unruhiger geworden. Pehar und Elke gingen nun an einen Weinstand – Hubertus, Kerstin und der mittlerweile wieder zu ihnen gestoßene Klaus in einiger Entfernung hinterher.

In diesem Moment verließ Elke ihre Begleitung und ging in Richtung Damentoilette, vor der eine lange Schlange entstanden war.

Kerstin reagierte geistesgegenwärtig und begab sich

ebenfalls vor die Toilettenhäuschen. »Und?«, fragte sie vorsichtig, als sie hinter Elke stand.

»Keine Gefahr, signalisiert mir mein Körper.«

»Was heißt das?«

»Ach, Kerstin, das ist ein interessanter Mann«, meinte Elke. »Was der schon alles erlebt hat … Und er ist sehr einfühlsam.«

Kerstin schaute verdutzt: »Scheint er dir verdächtig?«

»Überhaupt nicht«, versicherte Elke. »Er hat den *Kurier* auf der Durchreise zu einem Meditationsseminar gekauft und sagt, es sei definitiv Schicksal, dass er auf meine Anzeige aufmerksam geworden ist.«

»Warum heißt er eigentlich Pehar?«, wollte Kerstin nun wissen.

»Bis vor ein paar Jahren hieß er Peter. Aber dann hat er sich meditationsmäßig weiterentwickelt, ist Sannyassin geworden und hat einen Namen angenommen, der auch in spiritueller Hinsicht zu ihm passt.«

In der Schlange ging es kaum vorwärts. »Gehört er etwa zu einer Sekte?«, fragte Kerstin nun.

»So kann man das nicht nennen«, meinte Elke. »Ich würde sagen: zu einer religiösen Sondergruppe.«

Dennoch blieb Kerstin misstrauisch: »Hast du keine Kratzspuren an ihm gesehen?«

Sie schüttelte den Kopf: »Nein, zumindest im Gesicht und an den Armen nicht.«

Kerstin machte sich leichte Sorgen: »Elke, du lässt dich doch da in nichts hineinziehen? Bedenke, das könnte der Mann sein, der Verena und Claudia auf dem Gewissen hat.«

Doch ihre Freundin beruhigte sie: »Nein, nein. Ich finde es nur ungeheuer spannend, mal den eigenen Horizont zu erweitern.«

Als Kerstin wenig später den Freunden Bericht erstattete, trug sie damit nicht gerade zur Beruhigung der Lage bei.

»Was – ein Sektenfanatiker?«, fragte Hubertus entsetzt. »Klar, der sieht ja fast aus wie Bhagwan persönlich.« In seiner Studentenzeit war er ab und zu in einer den Bhagwan-Leuten zugeschriebenen Disco im Herzen Freiburgs gewesen. »Bhagwan liebt dich«, hatten orangefarben gekleidete Menschen dort um Mitternacht zu ihm gesagt. Sonst war allerdings nichts passiert. Doch nun steigerte sich Hubertus in seinen Verdacht hinein: »Das könnte passen, Klaus. Eine gefährliche Sekte, die Verena und Claudia auf dem Gewissen hat. Die sind doch gegenüber Aussteigern manchmal so brutal. Wir müssen unbedingt verhindern, dass Elke das nächste Opfer wird!«

»Hubertus – bleib ganz ruhig«, beschwichtigte Kerstin. »Elke hat die Lage voll im Griff.«

Sie befanden sich jetzt ungefähr dreißig Meter von dem Pärchen entfernt. Pehar schien weiter vorsichtige Annäherungsversuche zu machen, die jedoch nichts fruchteten. Noch nicht …

»Ich werde jetzt auf ihn zugehen, ihn an seinem Bart ziehen, ihm eine Krücke über den Kopf hauen und das

Hemd vom Leib reißen«, gab sich Hubertus martialisch, während er das zweite Viertele Wein trank und mit bösem Blick seine Gattin und deren Begleiter musterte. »Dann werden wir ja sehen, ob er Kratzspuren am Oberkörper hat.«

Klaus hielt das für keine besonders gute Idee. Kerstin schon gar nicht.

Es kam auch nicht dazu, denn Hubertus erhielt Hilfe, und zwar von ganz oben. Zu den Dingen, auf die man sich in Freiburg verlassen konnte, gehörte das unbeständige Wetter während des Zelt-Musik-Festivals – und zwar Jahr für Jahr. Auch dieses Mal war es nicht anders: Sturzregen! Binnen Sekunden stand das Festivalgelände unter Wasser. Die Menschen flüchteten in die Zelte, gleich zur Bushaltestelle oder in ihre Autos. Pehar jedoch nicht – im Gegenteil. Er zog sein Hemd aus und rief: »Lass uns tanzen, meine seelenverwandte Waage! Lass uns das Element Wasser feiern.« Dann reckte er sein Haupt dem Himmel entgegen und machte gemeinsam mit Elke ein paar Tanzschritte.

Klaus und Hubertus liefen, der Menschenmenge entgegen, auf Pehar und Elke zu, bis sie nahe genug waren, um zu sehen, dass der Verdächtige keine Kratzspuren am Oberkörper hatte. Eindeutig.

»Na gut«, dachte sich Hubertus. Er ist wohl wirklich nicht der Mörder. Dann würde es aber jetzt vorbei sein mit der Party. »Lass meine Frau in Ruhe!«, schrie er also, fuchtelte mit der Krücke herum und humpelte auf den fassungslosen Pehar zu.

Die Rückfahrt verbrachten sie weitgehend schweigend. Noch im Stadtgebiet fluchte Riesle plötzlich lautstark, nachdem er wieder einmal geblitzt worden war. Ab zweiundzwanzig Uhr durfte man die Ökohauptstadt Freiburg nämlich nur im Schneckentempo 30 durchqueren.

Ansonsten kamen die meisten Geräusche vom Regen, der unablässig auf das Dach des Kadetts prasselte.

»Er war während der Morde als Meditationslehrer auf Gomera«, erläuterte die tropfnasse und ziemlich wütende Elke dem ebenso tropfnassen und ziemlich erschöpften Hubertus. »Sogar die Zeitungen haben über ihn berichtet. Er ist kein Mörder! Und du hast mich unglaublich blamiert. Du musst endlich an dir arbeiten, Hubertus Hummel!«

»Wahrscheinlich können wir ihn von der Liste der Verdächtigen streichen«, versuchte Riesle das Thema wieder auf den Fall zu lenken.

»Hast du seine Fingerabdrücke?«, fragte Hubertus.

Elke zog mit einem Taschentuch das trocken gebliebene Faltblatt aus ihrer Handtasche.

»Da!«, machte sie beleidigt. »Er hat mir sogar seine Mailadresse aufgeschrieben. Ihr könnt ihm ja schreiben, wenn ihr ihn als Mörder überführt habt …«

Ob sie sich auch um eine Speichelprobe von Pehar bemüht hatte, wollte Hubertus lieber nicht fragen.

22. AQUASOL

Hummel schwirrte der Kopf. Das mochte zum einen an der Zigarette liegen, die er von einem anderen Kneipenbesucher geschnorrt hatte und die er nun genüsslich in sich hineinsog. Oder vielleicht am Bier, das er wieder mal in ungezählten Halblitergläsern in sich hineinkippte. Doch vermutlich wurde ihm einfach alles zu viel: die Mordfälle, bei denen sie kaum weiterkamen, seine Eifersucht, der Bänderriss, Martinas neuer Freund, ganz zu schweigen von der plötzlichen Schwangerschaft seiner fast noch minderjährigen Tochter.

Und das alles ausgerechnet in den Pfingstferien – der Zeit, in der er sich eigentlich erholen wollte.

Da tat es gerade sehr gut, um kurz nach sieben im »Bistro« zu sitzen und einfach mal nichts zu hören außer dem Stimmengewirr um ihn herum. Einzig die wegen des dichten Zigarettenqualms blinzelnden Augen ließ er etwas umherschweifen. Er beobachtete Felix, einen etwas verschrobenen Musiker, der gerade zwei Tische weiter vor einem großen Glas Weizenbier über einem seiner neuen Arrangements grübelte. Aber er war nicht der einzige alte Bekannte. Zu seinem Unbehagen saß an der Theke eine große, massige Gestalt mit blondem, abstehendem Haar und Brille: Didi Bäuerle starrte in sein Bierglas und schien ebenfalls in Gedanken versunken.

Dann bemerkte er jedoch Hubertus' Blick.

Schnell drehte Hubertus den Kopf weg, doch es half nichts. Didi erhob sich von seinem Hocker und ging geradewegs auf Hummel zu: »Hör mal, Huby, können wir vielleicht mal reden?«

Doch er hatte die Frage kaum ausformuliert, da ertönte die *Kleine Nachtmusik*, der Klingelton von Hubertus' Handy.

»Moment«, sagte Hubertus. Womöglich war Elke schon vom Yoga zurück. Deshalb schnappte er sich seine Krücken und stürmte humpelnd durch die offene Eingangstür hinaus auf die gepflasterte Straße.

»Hubertus Hummel!«, rief er ins Handy.

»Burgbacher am Apparat. Edelbert Burgbacher.«

Sein Künstlerfreund stand gerade auf dem Vorplatz des Freizeitbads »Aquasol« in Rottweil. In der einen Hand hielt er ein Glas Rotwein zur Beruhigung, in der anderen eine Reval ohne Filter und das Handy. Um seine Hüften hatte er ein Handtuch geschwungen und sich, ansonsten splitternackt, eilig auf den Weg nach draußen gemacht, wo er nun zwischen dem Strom der ankommenden und nach Hause gehenden Badegäste stand und für Irritationen sorgte. Doch Burgbacher war das egal. Hier hatte sein Handy wenigstens Empfang. Und er musste Hubertus wirklich eine wichtige Neuigkeit mitteilen: »Dein Mörder schwimmt im Aquasol«, verkündete Burgbacher mit fester Stimme.

»Wie bitte?«, rief Hubertus zurück. Fast wäre ihm das Handy aus der Hand gerutscht.

»Heimburger. Der ist doch der Mörder, oder?«, fuhr der Künstler fort. »Ich glaube, ich habe diesen komischen Typen gerade im Schwimmbecken des Aquasol gesehen. Oder seid ihr schon wieder bei einem neuen Fall?«

Hubertus war sich zwar noch nicht so ganz sicher, ob Heimburger nun Täter oder Zeuge war. In jedem Fall war er aber wichtig. »Hast du Kratzspuren an seinem Kopf oder Körper entdecken können?«, fragte Hubertus sicherheitshalber nach.

»Bist du bescheuert? Ich werde mich wohl kaum nackend ins Becken stürzen, ihn packen und nach Kratzspuren absuchen.«

Edelbert sah aus wie ein in die Jahre gekommener griechischer Held bei einer der Freiluftaufführungen seines Zähringertheaters. Sein Bass wurde lauter und für alle im Umkreis von wohl mehreren Hundert Metern gut hörbar.

Hubertus dachte kurz nach: Burgbacher war zwar mitunter etwas überdreht, seine Augen funktionierten aber eigentlich noch ganz gut. »Edelbert, wenn er das Bad verlassen will, versuche ihn bitte irgendwie festzuhalten. Wir kommen sofort!«, rief Hubertus deshalb in die Sprechmuschel. »Ich alarmiere Klaus. Wir sind schon unterwegs.«

»Wie, festhalten? Du spinnst wohl. In Todesgefahr begebe ich mich nur für meine Kunst. Den müsst ihr euch schon selbst holen!«, dröhnte der zurück und drückte auf den roten Knopf seines Handys, um das Gespräch zu beenden. Dann nahm er einen kräftigen Schluck aus seinem Rotweinglas.

»Edelbert, komm sofort wieder rein. Du holst dir ja noch den Tod«, ermahnte ihn eine sanfte Männerstimme, die vom Eingang kam. Dort stand Edelberts Lebensgefährte. Auch er hatte ein Handtuch um die Hüfte gewickelt und zusätzlich eines über die Schulter gelegt. Mit seinem Charakterkopf wirkte er wie Cicero bei einer Rede vor dem römischen Senat.

»Du trinkst ja schon wieder«, musste sich Burgbacher weiter die Leviten lesen lassen, als er barfuß den Eingang ansteuerte.

»Mein Hausarzt hat gesagt, dass Trollinger den Blutdruck senkt und gegen Schlaganfall vorbeugt. Außerdem werde ich mir wohl bei fünfundzwanzig Grad Außentemperatur kaum Erfrierungen holen. Und überhaupt gehen wir jetzt ins Dampfbad. Das ist auch gesund.« Burgbacher stellte das Glas am Tresen ab, ohne die Empfangsdamen eines Blickes zu würdigen, und marschierte Händchen haltend mit seinem Gefährten zurück ins Bad …

»Gib Gas, Klaus! Sonst entwischt er uns schon wieder.« Zum Glück hatte Hummel ihn gleich auf dem Handy erreicht. Er hatte gerade mit Kerstin bei einem romantischen Abendessen mit Kerzenschein gesessen und eine traute Zweisamkeit zur Festigung der Beziehung geplant.

Seine Freundin war »mit der Gesamtsituation unzufrieden« gewesen, wie sie ihm am Nachmittag erklärt hatte. Dass Klaus sie nun aber wieder sitzen und die Pasta con vongole kalt werden ließ, schlug dem Fass den Boden aus.

Irgendetwas musste sich ändern.

»Na, das sind ja mal ganz neue Töne.« Klaus Riesle ließ sich nicht zweimal bitten. Er holte alles aus seinem 120-PS-Kadett heraus, steuerte ihn gerade auf die B 27 in Richtung Tübingen und gab wieder Vollgas.

»Übrigens war ich heute Nachmittag noch bei unserem Kriminaltechniker in Trossingen«, eröffnete Klaus seinem Freund zwischendurch. »Er hat die Fingerabdrücke von Pehar auf dem Faltblatt mit denen unseres Briefes verglichen.«

»Und?«, fragte Hubertus.

»Leider keine Übereinstimmung«, bedauerte Klaus.

»Was nicht anders zu erwarten war. Wie viele verschiedene Fingerabdrücke hat er denn auf Verenas Brief gefunden?«

»Fünf oder sechs. Aber ein Abdruck müsste ja wenigstens mit dem des Mörders übereinstimmen«, war Klaus sich sicher. »Vielleicht war es ja tatsächlich der von Heimburger. Von dem werden wir jetzt die Fingerabdrücke nehmen – und wenn ich ihn aus dem Becken ziehen muss. Übrigens: kein Speichel auf dem Briefumschlag. Der Absender hat Klebstoff benutzt.«

Klaus hatte noch weitere Neuigkeiten: »Kerstin hat gestern erfahren, dass Claudia vor ein paar Monaten im Rottenmünster wegen Depressionen behandelt werden musste. Kerstin war auch ganz überrascht. Sie hat's von einer Kollegin Claudias. Allzu stressresistent war die wohl nicht ... Hinter der Fassade der Karrierefrau bröckelte es. Sie war vier Wochen stationär da. Weil sie aber Angst hatte, es könnte bekannt werden, hatte sie Urlaub eingereicht ...«

»Interessant«, kommentierte Hubertus. »Das hätte ja vielleicht sogar für einen Selbstmord sprechen können.«

»Hätte«, sagte Klaus nach einer kurzen Unterbrechung. »Aber es war ja keiner. Es könnte auch dafür sprechen, dass Heimburger mit den Frauenmorden etwas zu tun hat. Der war ja schließlich auch im Rottenmünster und könnte Claudia gekannt haben. Und über sie wiederum Verena.«

Noch ein Kurvenmanöver, und schon war Klaus auf den gut gefüllten Parkplatz des Aquasol gefahren. Das Bad war ein sehr beliebtes Ziel – sogar bei der momentan vorherrschenden Hitze.

Klaus hielt nicht viel davon, sich ganz konventionell einen der wenigen freien Stellplätze zu suchen. Vielmehr steuerte er direkt und verbotenerweise über den Fußweg das Foyer des Aquasol an.

Kurz vor dem Eingang mit sich automatisch öffnenden gläsernen Schiebetüren kam der Kadett mit quietschenden Reifen zum Stehen. Klaus riss die Türen des Wagens auf, stürmte heraus und schlug sie zu, ohne das Auto abzuschließen. Keine Zeit!

Hubertus fühlte sich wie bei *Einsatz in Manhattan* – nur dass er statt einer Glatze und eines Lollis Krücken hatte.

Sie hielten nach Edelbert Ausschau, doch von dem war keine Spur.

»Wo haben Sie denn Ihr Badezeug?«, fragte die freundliche ältere Dame am Empfang. Kerstins Bärchentasche hatte Klaus als Tarnung diesmal nicht dabei.

»Äh … die haben unsere Frauen schon mitgenommen. Die sind schon im Bad«, redete Klaus sich heraus.

»Nur Schwimmbad und Sole oder auch Sauna?«, fragte die Dame.

Sie entschieden sich für beides – schließlich wusste man nicht, wo Heimburger steckte.

»Das macht 17 Euro. Sie wissen, dass unser Bad um zweiundzwanzig Uhr schließt?«

Sie nickten artig.

Endlich hatten sie die Drehkreuze hinter sich gelassen und nahmen die Stufen des verglasten Treppenhauses, was für Hubertus angesichts seiner Behinderung mit einiger Mühsal verbunden war. Im oberen Stockwerk befanden sich das Schwimmerbecken, der Saunabereich und die Duschen. Die mussten sie heute ausnahmsweise auslassen. Sie nahmen sich gleich das Sportlerbecken vor, das von künstlichen Palmen umgeben war. Es herrschte reges Getümmel, was die Suche nach Heimburger nicht gerade erleichterte.

»Hallo, Sie, Straßenkleidung ist hier nicht erlaubt«,

sprach sie ein Mann mit kurzer Hose, T-Shirt und Sandalen, durchweg in Weiß gehalten, an.

Offenbar der Bademeister. Doch da sie Heimburger gerade im Becken erblickten, beachteten sie ihn nicht weiter. Hummel fackelte trotz seines Handicaps nicht lange, ließ die Krücken fallen und stürzte sich in voller Montur ins Becken. Mit kräftigen, aber ungelenken Kraulzügen schwamm er dem Verdächtigen hinterher. »Hallo!«, rief er Heimburger zu.

Der bemerkte Hummel und ergriff die Flucht. Er nahm den kürzesten Weg zum Beckenrand, zog sich mit seinen muskulösen Armen schnell aus dem Wasser und stürzte in Richtung Ausgang davon. Riesle versuchte ihm den Weg abzuschneiden, kam aber auf dem glitschigen Fliesenboden ins Rutschen. Deshalb schaffte es Heimburger bis ins Treppenhaus, wo zwei weitere Aquasol-Angestellte die Stufen heraufkamen. Der Weg nach unten war versperrt.

Also stürzte er nach oben, wo sich die Solebecken, das Dampfbad und die Solarien befanden.

Riesle nahm als Erster die Verfolgung auf. Hummel, der sich mittlerweile mühsam aus dem Becken gewuchtet hatte, war nun nicht nur humpelnd mit der Verfolgung Heimburgers und Riesles beschäftigt, sondern auch damit, den brüllenden Bademeister abzuschütteln, der sich ausgesprochen hartnäckig an seine Fersen geheftet hatte.

Oben angekommen, stürzte sich Heimburger in einen Schwimmkanal, der zum dampfenden Außenbecken führte. Nun war es auch an Riesle, sich entweder der Kleidung zu entledigen oder sich ohne Umschweife ins fünfunddreißig Grad heiße Solewasser zu begeben. Da Heimburger über das Außenbecken sicher die Möglichkeit hatte zu flüchten, duldete die Angelegenheit keinen Aufschub. Er hechtete mit einem kräftigen Satz in den Kanal, stieß die herunterhängenden Kunststofflappen zur Seite, die als Windstopper dienten, und war kurz darauf im Außenbecken, wo die Badegäste sich an den Beckenrändern mit Massagedüsen und Wasserspeiern verlustierten und nun verdutzt auf den Mann im zitronengelben Sakko blickten. Das war jetzt sicher ruiniert.

Klaus drang weiter ins Becken vor. Er hörte nichts außer dem Blubbern der Düsen. Da! Ein Mann war gerade dabei, aus dem Becken zu steigen: Heimburger! Riesle wollte hinterher, doch da packte ihn eine Hand mit kräftigem Griff an der Schulter. Er drehte sich um: der Bademeister!

»Sie kommen jetzt mit mir. Ich übergebe Sie der Polizei.«

»Aber ich muss diesen Mann da verfolgen«, versuchte Klaus zu erklären.

»Sie verfolgen hier gar nichts. Mit Anzug hat man im Solebecken nichts zu suchen«, gab sich der Mann von der Badeaufsicht unbeirrt.

Als sie die Treppen aus dem Kanal herausstiegen, war klar, dass auch Hubertus die Verfolgung nicht mehr hatte aufnehmen können. Er stand, jetzt wieder mit Krücken, genauso durchnässt wie Klaus vor dem

Eingang des Dampfbads, flankiert von zwei grimmig dreinblickenden Herren in Weiß.

»Glauben Sie mir doch: Wir waren einem Mörder auf der Spur. Der ist jetzt durchs Solebecken nach draußen geflüchtet. Wir müssen ihn kriegen«, redete Hubertus auf das Badepersonal ein.

»Das können Sie der Polizei erzählen«, sagte einer der Bediensteten.

»Für uns ist das schlicht Hausfriedensbruch«, pflichtete der andere ihm bei.

Gerade als die Bademeister Anstalten machten, die beiden Hobbydetektive zum Ausgang zu eskortieren, öffnete sich die Tür des Dampfbads: Edelbert und sein Freund traten heraus.

»Hallo, Edi.« Hubertus war erleichtert. »Bitte erzähl den netten Herren doch, dass wir einem Mörder auf der Spur sind.«

Edelbert nahm seinen Bademantel, zupfte sich am Bart und runzelte die Stirn: »Ich kenne die Herren nicht!«

23. POST FÜR ELKE

Unaufhörlich drehten sich die riesigen Propeller des Windrads beim Industriegebiet Herdenen, auch jetzt am späten Abend. Hubertus betrachtete die Anlage kritisch: Windmühlen hatten schöner ausgesehen, dachte er sich. Und nun würde man bald wohl noch den ganzen Schwarzwald mit diesen Ungetümen zugepflastert haben …

Klaus riss Hubertus aus seinen Gedanken: »Musstest du der Polizei unbedingt das mit Heimburger in allen Einzelheiten erzählen?«, echauffierte der sich immer noch. »Reicht schon, dass wir jetzt eine Anzeige wegen Hausfriedensbruchs und Erregung öffentlichen Ärgernisses am Hals haben.«

Die *Kleine Nachtmusik* von Hubertus' Handy machte sich bemerkbar.

»Edelbert, du hast uns ja ganz schön im Regen stehen lassen«, schimpfte diesmal Hubertus.

Klaus nickte heftig.

»Ich höre wohl nicht recht«, regte sich Hummel auf. »Wegen eines Jahresabos?«

Klaus schaute gespannt auf seinen Beifahrer. Gerade bog der Wagen beim Villinger Bickentor in die Einbahnstraße ein, die den grünen Ring der mittelalterlichen Stadt umzingelte und orientierungslose Touristen regelmäßig zur Verzweiflung brachte.

»Nein, das muss ich überhaupt nicht verstehen und Klaus auch nicht. Du bist ja ein schöner Freund!« Hubertus drückte auf den roten Knopf, um das Gespräch zu beenden.

»Was hat er gesagt? Warum hat er uns verleugnet?«, war Klaus schon neugierig.

»Sein Freund und er haben ein Jahresabonnement im Aquasol. Sie wollten kein Hausverbot riskieren. Außerdem hat Edelberts Freund gedroht, er würde ihn verlassen, sollte er sich nicht aus solch gefährlichen Sachen heraushalten!«

»Kommst du noch auf einen Schluck mit rein?«, fragte Hubertus, als er die Beifahrertür öffnete und seinen gesunden Fuß zuerst auf den Gehsteig setzte. Auf dem Sitz schimmerten dunkle Schatten, die er mit seinen triefnassen Klamotten hinterlassen hatte.

Doch Klaus lehnte ab: Er wollte schnell unter die Dusche – und zu Kerstin.

Elke saß im Schneidersitz auf der Terrasse und ließ gerade ihren Yogaabend mit ein paar Übungen ausklingen. Hubertus drückte ihr einen feuchten Kuss auf die Stirn und erzählte ihr, was vorgefallen war.

Sie schimpfte und befahl ihm, sich schnell etwas Trockenes anzuziehen. Als er wieder im Bademantel unter der Markise stand und sich in einen der gusseisernen Gartenstühle fallen ließ, machte Hummel einen geschlagenen Eindruck.

»Ich glaube, wir lösen diesen Fall nie«, sagte er resigniert und machte sich mit dem Korkenzieher an einer Flasche Kaiserstühler Spätburgunder-Rotwein von der Sasbacher Roten Halde zu schaffen. Der würde Trost spenden – ein guter Jahrgang. Doch der diesjährige versprach bei den mediterranen Temperaturen sogar ein Jahrhundertwein zu werden.

»Aber Schatz, wir haben doch jede Menge Spuren«, widersprach Elke und streckte Hubertus ihr Glas hin. Der schenkte ein.

»Und woher bitte nimmst du deinen Optimismus?«

Elke prostete Hubertus zu und zeigte auf einen Stapel Papier, der auf dem Gartentisch lag. Sie nahm das oberste der gefalteten Blätter und drückte es Hubertus in die Hand.

»Ich war heute noch mal beim *Kurier*. Achtzehn weitere Zuschriften.« Sie betrachtete das Weinglas und dessen rubinrot schimmernden Inhalt und zog dann ihre Nase kraus. Diese Angewohnheit liebte er. Doch über ihre Bedeutung war sich Hummel bis heute nicht so recht im Klaren.

Er nahm einen kräftigen Schluck aus seinem Glas, doch nach dem Bistrobesuch und der anstrengenden und vor allem feuchten Verfolgungsjagd im Aquasol ließ seine Feinmotorik etwas zu wünschen übrig. Ein paar Spritzer landeten auf dem Brief, den er auf seinem Schoß liegen hatte: »Verdammt!«

Hummel betrachtete das Papier genauer. Es war blutrot wie die Farbe des Weins! Er las: »Deine Worte waren für mich wie das Licht in der Finsternis, wie eine Rose an einem trüben Wintertag.«

Der Spruch kam ihm irgendwie bekannt vor.

24. SCHLUCHSEE

Hubertus blätterte ungeduldig in einem Prospekt der Touristeninformation Schluchsee. Mittlerweile konnte er die Sätze und Daten der Hochglanzhefte fast schon auswendig herunterbeten: Die Gemeinde Schluchsee lag 930 Meter über dem Meer, hatte 2500 Einwohner und bis zu 750000 Übernachtungen pro Jahr. Der See war ursprünglich ein Gletschersee gewesen, durch eine Staumauer 1928 zum größten Schwarzwaldsee aufgestaut worden, siebeneinhalb Kilometer lang, eineinhalb Kilometer breit, Wassersportzentrum des Schwarzwalds und, und, und.

Klaus hatte ebenfalls seine Nase in eine der Broschüren gesteckt. Doch so recht konnten auch ihn die Lobeshymnen auf die Schönheit des Südschwarzwalds nicht fesseln wie das, was sich gerade draußen auf dem Kirchplatz in Schluchsee abspielte.

Dort stand Elke in der glühenden Mittagshitze inmitten von bummelnden Touristenscharen und ließ nervös ihre hellbraune Handtasche hin und her baumeln. Sie trug ihre weiße Dreiviertelhose, eine blaue Bluse, war auch heute wieder dezent geschminkt und wartete gerade auf ihre Verabredung.

Eine der letzten Zuschriften hatte Anlass zu der Annahme gegeben, dass es sich bei dem Absender um einen weiteren Verdächtigen handelte: Das Papier, die Diktion, die Schrift und die Tatsache, dass der Mann weder Telefonnummer noch Adresse angegeben hatte, schienen durchaus verdächtig zu sein. Am Schluss des Briefes stand nur eine nebulöse Aufforderung, das Unbekannte zu wagen und sich mit ihm, Rupert, am Samstag um sechzehn Uhr auf dem Kirchplatz in Schluchsee zu einer Fahrt durch den Schwarzwald zu treffen. Der Mann schien sich seiner Wirkung auf Frauen bewusst zu sein. »Solltest Du aus wichtigen Gründen verhindert sein, sende mir bitte eine Mail an rupert@gtx.ap«, hatte in dem Brief gestanden.

Erkennungszeichen sollte ein rotes Halstuch sein, das sich Elke auch brav umgebunden hatte. Doch ihr Blick verriet, dass sie nicht nur vom gleißenden Licht der Höhensonne geblendet war, sondern sich in ihrer gebräunten Haut nicht so recht wohlzufühlen schien. Wer würde wohl auftauchen? Wieder jemand wie Pehar? Sie war fast so aufgeregt wie bei einem echten Rendezvous.

Auch Hubertus stand unter Hochspannung und hätte die Operation am liebsten abgebrochen. Immer wieder fragte er Klaus nach der Uhrzeit und blätterte weiter nervös in dem üppigen Informationsmaterial.

Noch zwei Minuten.

»Darf ich Ihnen helfen?«, fragte eine freundliche ältere Dame mit Dutt hinter dem Tresen, die Klaus und Hubertus ob ihrer bunten Sommerhemden und Fotoapparate um die Hälse offenbar für Touristen hielt. Als solche hatten sie sich ja getarnt – offensichtlich etwas zu auffällig.

»Äh ... können Sie uns vielleicht ein gutes Hotel in Schluchsee empfehlen?«, entgegnete Klaus etwas verlegen.

»Also, das kommt ganz darauf an, was Sie bezahlen möchten: Da gibt's das ›Vier Jahreszeiten‹, das ›Hotel Schiff‹, ›Parkhotel Flora‹, ›Haldenhof‹, ›Berghotel Mühle‹ ...«, ratterte sie herunter.

Doch an den Freunden prallte der Redefluss ab. Sie starrten immer wieder nach draußen, wollten Elke für keinen noch so winzigen Moment aus den Augen lassen. Schließlich hatten sie mit ihr verabredet, dass sie ihr folgen würden, sobald die Verabredung eintreffen sollte.

Als die Mitarbeiterin der Touristeninfo gerade bei der Aufzählung der Pensionen angelangt war, was Hubertus mit einem gequälten Lächeln quittierte, tat sich etwas auf dem Vorplatz. Endlich!

Ein Taxi kam aus Richtung Lenzkirch angefahren und hielt auf dem Platz direkt vor Elke, die sich jetzt am Brunnen angelehnt hatte.

Ein großer Mercedes, ganz klassisch. Die hintere Autotür öffnete sich, Elke trat – etwas unsicher lächelnd – an den Mercedes heran und streckte den Kopf in den Innenraum. Dann stieg sie ein, und der Wagen fuhr in Richtung See davon.

Hubertus und Klaus ließen die freundliche Mitarbeiterin, die ihnen gerade einen Tauchkurs im 62 Meter tiefen Bergsee empfahl, unverrichteter Dinge stehen. Sie bestiegen Klaus' Kadett, der im absoluten Halteverbot stand. Das Knöllchen, das zwischen Windschutzscheibe und Wischblatt klemmte, beachteten sie erst gar nicht.

Mit ein paar zügigen Fahrmanövern durch den Ortskern schloss Klaus fast schon wieder auf. An der Abzweigung zur B 500 hatten sie das Heck des beigefarbenen Mercedes und das Nummernschild wieder fest im Blick. Hubertus notierte: »FR-HZ 3190«. In den Kurven konnten sie auch die Schrift an den Türen des Mercedes lesen: »Taxi Kohnle, 07651/777«.

Im Fond erkannten sie Elkes braune Locken und auf etwa gleicher Höhe daneben einen großen Hut. Wer mochte wohl darunter stecken?

Vielleicht Heimburger, vielleicht Verenas ehemaliger Lebensgefährte Frank Jauch oder gar eine Frau, etwa Franks Geliebte Irene? Oder verbarg sich unter der Kopfbedeckung einfach nur ein gefährlicher Verbrecher, der von hübschen brünetten Frauen besessen war? Jedenfalls war außer der Kopfbedeckung nichts zu erkennen.

Es herrschte reger Verkehr auf der Durchgangsstraße, was vor allem an den Touristenströmen lag, die die Schönheit des höchsten deutschen Mittelgebirges per Auto erkundeten. Deshalb dauerte es einige Zeit, bis der Mercedes freie Fahrt in Richtung Feldberg hatte.

Klaus versuchte zu folgen, doch drei Fahrzeuge mit ortsfremden Kennzeichen waren noch vor ihnen. Zum Leidwesen der beiden Hobbydetektive hatten diese es alles andere als eilig und ließen die endlos scheinende Blechlawine aus Richtung Waldshut brav passieren, bis sich endlich eine größere Lücke auftat. Alles Hupen und Schimpfen half nichts. Erst einige Minuten später waren sie auf der Hauptverkehrsstraße.

Klaus ließ überholenderweise schnell ein paar Fahrzeuge hinter sich, die angesichts des schönen Bergpanoramas mit Tempo sechzig entlang des Sees krochen.

»Hoffentlich holen wir sie noch ein«, war Hubertus sehr besorgt, als sie rechts den Bahnhof Aha passierten. Links legte gerade »Nikolaus« an – das einzige Motorboot, das auf dem Schluchsee zugelassen war. Menschenmassen mit Rucksäcken und Hüten warteten schon ungeduldig am Landesteg auf die Beförderung ans andere Ende des Sees, zur Staumauer bei Seebrugg.

Hubertus wählte mit seinem Handy Elkes Nummer, doch sie nahm nicht ab. Mist!

»Das schaffen wir schon«, beruhigte ihn Klaus.

Als sie den Windgfällweiher passierten, wo sich ebenfalls Touristen auf und im Wasser des noch klareren Bergsees tummelten, kamen bei Hubertus erneute Zweifel auf: »Und wenn sie die Abzweigung Richtung Menzenschwand genommen haben? Für eine Schwarzwaldfahrt gibt es doch viele Möglichkeiten.«

»Die machen sicher das Standardprogramm: Feldberg oder Titisee«, war Klaus bei der schnittigen Durchfahrt der lang gezogenen Hundertachtzig-Grad-Kurve um das idyllische Örtchen Altglashütten überzeugt.

Bei der Abzweigung in Feldberg-Bärental entschied er sich deshalb für die letztere Variante und brauste mit Hummel und Kadett die B 500 durch eine enge Waldschneise hindurch in Richtung Titisee-Neustadt. Doch vom Heck des Taxis war zunächst nichts mehr zu sehen. Seltsam, denn mit seinem temperamentvollen Fahrstil hätte Klaus Elke und den Unbekannten eigentlich schon längst eingeholt haben müssen. Mit einem abrupten Wendemanöver ließ er deshalb im Tal die Reifen quietschen und steuerte den Wagen bei geschätzten hundertdreißig Sachen zurück, diesmal am Bahnhof Bärental vorbei, den Feldberg hoch.

»Vielleicht nehmen sie ja die Sesselbahn zum Gipfel«, überlegte Klaus und wählte kurz vor der Passhöhe die Abzweigung zum »Feldberger Hof«.

Von Hubertus war nichts mehr zu vernehmen außer immer wiederkehrenden Seufzern. Elke mit einem potenziellen Mörder allein im weiten, finsteren Schwarzwald. Ob das gut gehen würde?

Sie waren bei der Planung womöglich zu sorglos gewesen …

Hubertus stellte das Polizeifunkgerät in Riesles Wagen an. Vielleicht würde man ja auf diese Weise etwas von Elke mitbekommen. Allenfalls einen Unfall, wie er sich mit Schrecken ausmalte. Leider lag die Taxifunkfrequenz auf einer anderen Wellenlänge …

An der Talstation der Sesselbahn herrschte Trubel. Menschenschlangen lösten Tickets für die Bergfahrt mit der Sesselbahn zum 1493 Meter hohen Gipfel, der sich als riesiger, fast unbewaldeter Kegel vor ihnen aufbäumte. Und über allem thronte die Silhouette des Bismarckturms.

Andere Touristen deckten sich gerade mit mehr oder weniger kitschigen Schwarzwälder Souvenirs wie Kuckucksuhren, Puppen in typischer Tracht mit Bollenhut oder Schwarzwälder Kirschwasser ein. Auch Andenken an die *Schwarzwaldklinik* wie ein Messingschild mit allen Darstellern vor der Klinik im Glottertal schienen noch gefragt zu sein, obwohl die Serie ja längst Geschichte war. Aber nirgends auch nur die geringste Spur von Elke.

Dafür klingelte nun Hubertus' Handy. Es war Elke – zumindest ihre Nummer. Endlich! Was sie sagte, verstand er kaum, der Empfang war recht schlecht – ein Problem, das im Hochschwarzwald immer wieder auftaucht. Doch er hörte, wie sie »Hubertus?« sagte.

»Ja, Schatz?«, fragte er aufgeregt zurück.

Es knarzte, und kurz darauf wurde die Leitung unterbrochen. Lag das nur am schlechten Empfang?

»Klaus, ich habe ein ungutes Gefühl. Lass uns die Polizei alarmieren«, schlug Hubertus mit verzweifelter Miene vor.

»Jetzt lass mal die Kirche im Dorf«, beschwichtigte der Freund. »Wir haben Elke doch genauestens instruiert: Sie soll sich nicht unnötig in Gefahr begeben und sich mit dem Verdächtigen nur an Orten mit vielen Menschen aufhalten. Du weißt ja, wie mies der Handyempfang hier mancherorts ist.«

Hubertus hatte bereits wieder »Schatz« im Display seines Handys gewählt und wartete auf Antwort.

Die Worte, die folgten, waren wie spitze Nadeln auf Hubertus' Gemütszustand: »Versuchen Sie es später noch einmal. Ihr gewünschter Gesprächspartner ist zurzeit nicht erreichbar …« Bevor der Spruch in englischer Sprache wiedergegeben wurde, beendete Hubertus die Ansage.

»Verdammt noch mal, Klaus! Sie nimmt nicht ab. Elke ist in den Fängen eines Mörders – eines Doppelmörders sogar. Das Spiel ist aus. Es ist Zeit für Kommissar Müller!«

Riesle blieb weiter unbeeindruckt: »Keine Panik, Huby. Lass Elke erst mal machen. Sie ist sicher gerade dabei, seine Fingerabdrücke zu nehmen, ohne dass der auch nur das Geringste davon mitbekommt. Elke ist clever. Ich bin mir sicher, sie bringt sogar eine DNA-Spur dieses Typen mit – ein Haar oder so was.«

Der Gedanke, Elke versuche, einem Doppelmörder ein Haar auszureißen, beruhigte Hubertus nicht unbedingt. Nur mit Widerwillen ließ er sich davon überzeugen, zunächst noch etwas zu warten und sich für ein Glas Bier mit Blick auf den Gipfel und den ausgedehnten Naturpark Südschwarzwald niederzulassen.

Aber auch hier war er kaum noch zu bremsen. Er ertränkte seinen Kummer und seine Ängste in Rothaus-Bier, das nur wenige Kilometer von hier entfernt gebraut wurde.

Als sich eine Stunde später immer noch kein Lebenszeichen von Elke, dafür aber ein Sonnenbrand auf Hubertus' schütterem Haupt eingestellt hatte, tippte er die Notrufnummer ein.

Klaus jedoch nahm ihm postwendend das Handy ab und drückte auf die Unterbrechungstaste: »Warte doch erst mal, Hubertus. Mit Kommissar Müller würden wir uns nur wieder Probleme aufhalsen. Ich weiß, was wir jetzt machen. Wir haben ja die Telefonnummer des Taxiunternehmens.«

Der Anruf dort ergab, dass der Taxifahrer sich zwischenzeitlich abgemeldet hatte und zwei Stunden Pause machte. Offenbar befanden sich seine Fahrgäste nicht mehr im Wagen. Mit einiger Überredungskunst bekamen sie Namen und Adresse des Taxifahrers: Ewald Hogg, Seebachstraße 3, Titisee-Neustadt. Telefonisch erreichte die hilfreiche Dame in der Taxizentrale den Angestellten allerdings nicht. Da half nur eines: zur Seebachstraße!

Sie gerieten in der einen oder anderen scharfen Kurve talwärts ins Schlingern, legten aber dank Klaus' langjähriger Rennerfahrung die vierhundert Höhenmeter in einer Spitzenzeit zurück. Als sie jedoch wieder auf die B 31 trafen, brummelte Hubertus: »Toll! Und wo bitte soll jetzt diese Straße liegen? In Titisee oder in Neustadt? Diese Doppelstädte haben doch nur Nachteile ...«

Klaus hatte schon die Richtung Freiburg eingeschlagen. »Logisch denken hilft! Natürlich in Titisee. Die Betonung liegt auf See.«

Ihre Hoffnung, die Straße in dem weithin bekannten kleinen Örtchen schnell zu finden, zerschlug sich allerdings. Obwohl Titisee nur 2200 der insgesamt fast 12 000 Einwohner der Gemeinde stellte, glich eine Fahrt durch das ehemalige »Vierthäler« einer Odyssee. Autoschlangen, Einbahnstraßen und überall Touristen, die arglos die Straßen belagerten. Besonders die Promenade am Ufer um die zahllosen Andenkengeschäfte, weshalb Klaus sich echauffierte: »Die laufen ja alle mitten auf der Fahrbahn rum. Unverschämtheit!«

»Das ist ’ne Fußgängerzone, falls du schon mal was davon gehört hast«, klärte ihn Hubertus auf. Aber eigentlich war ihm das jetzt egal: »Los, fahr schon zu!

Klaus tat, wie ihm geheißen. Da die Uferpromenade die Verlängerung der Seestraße war und der Schwarzwälder an sich, wie er erläuterte, ein logisch denkender Mensch, war er sich sicher, dass sich am anderen Ende die Seebachstraße befinden müsse: »Wo ein See ist, ist auch ein Seebach.«

Nachdem sie die Tretboote, Souvenirstände und Schimpftiraden der Flanierenden aus aller Herren Länder hinter sich gelassen hatten, tauchte linker Hand tatsächlich das gesuchte Sträßchen auf. Die Nummer 3 war nicht schwer zu finden. Das kleinste Haus mit brauner Schindelfassade und verträumtem Steingärtchen davor war es.

Hubertus war erleichtert: Das Taxi stand vor dem Häuschen.

Sie klingelten.

Ein bulliger älterer Herr mit Bauchansatz und Glatze sowie ergrautem Haarkranz öffnete nach dem dritten Klingeln die Tür. Seinen Augen nach zu schließen hatte er gerade geschlafen.

»Daag«, kam es ihnen entgegen. Viel mehr war aus dem wortkargen Mann auch zunächst nicht herauszubekommen.

»Wo haben Sie Ihre letzten Fahrgäste hingebracht?«, fragte Hubertus hektisch.

»Jetzt erscht e'mol langsam«, entgegnete der.

Hummel riss der Geduldsfaden. Er humpelte mit seinem verbundenen Fuß auf den Taxifahrer zu, packte ihn an den kräftigen Oberarmen und schüttelte ihn. »Sagen Sie uns jetzt, wo Sie die Fahrgäste hingefahren haben! Meine Ehefrau saß in dem Wagen. Und wenn Sie jetzt nicht reden, dann sind Sie vielleicht schuld an ihrem Tod! Denn der andere war vielleicht ein Mörder!«

Der Taxifahrer schaute verdutzt, doch Hubertus' Gefühlsausbruch schien ihn überzeugt zu haben. Denn er bat sie in die alte Wohnstube, wo sie auf einer hölzernen Bank vor einem alten Kachelofen Platz nahmen.

»Also, i hab den Mann in Ditisee am Ba'hof abg'holt und ihn dann zum Schluchsee g'fahre. Dort isch die Frau ei'g'stiege. Sie wollte spaziere gehe. In Aha han' i sie dann abg'setzt …«

»A ha … äh … in Aha also«, notierte Klaus. »Können Sie uns den Mann beschreiben?«

»Der hät än große Hut auf g'hät.«

Hubertus zappelte wieder ungeduldig. Das hatten sie ja nun auch schon gemerkt.

»Also vo dem hät mer gar nit so viel g'sehe. Aber i'schätz mol, der war so um die fünfzig. Er hät än Bauchansatz und ä weng fleischige G'sichtszüg g'hät.«

»Ist Ihnen sonst noch etwas aufgefallen?«, fragte Klaus weiter.

»Jo. Also i hab jo uf die zwei warte müsse. Und nach zwanzig Minute hab i sie noch Villinge g'fahre. Do habet die kei Wort mehr g'schwätzt. Und vorher hät er doch g'schwätzt wie ä Buech und Süßholz g'raschpelt.«

»Und wo haben Sie die beiden hingefahren?«, wurde Klaus weiter hellhörig.

»In die Stroß, die noch Unterkirnach führt, wie heißt die doch glei?«

»Kirnacher Straße«, kam endlich wieder ein Lebenszeichen von Hubertus.

»Jo, genau!«

»Und wo da?«, setzt Klaus nach.

»An d' Pforte von so 'nem Gelände. I' glaub, des ware mol Kaserne.«

»Wo genau?«

»Ha, stadteinwärts rechts.«

»Also die ehemalige Welvert-Kaserne. Hubertus, dort müssen wir nach Elke suchen!«

Hubertus dachte nach: Kaserne? Franzosen? Vielleicht war der Täter ein ehemaliger französischer Soldat. Er kannte jedenfalls keinen.

Oder doch?

25. ZWISCHEN PFÜTZEN UND WELLBLECH

Von den vielen Schlaglöchern war plötzlich nichts mehr zu sehen. Sie hatten sich in Sekundenschnelle mit Wasser gefüllt, als der Platzregen auf dem vormaligen Exerzierplatz der Welvert-Kaserne niedergegangen war.

Hubertus und Klaus schlichen vorsichtig über die rutschigen Pflastersteine des ehemaligen Franzosenareals, das sich etwa einen Kilometer von der Villinger Innenstadt entfernt befand. Das Auto hatten sie gleich hinter der Einfahrt neben dem ehemaligen Wachpavillon der »19. Groupe de Chasseurs« abgestellt. Zwar hatte das Vermögensamt Freiburg, welches einen Investor für das Gelände suchte, das »Betreten für Unbefugte verboten!«, wie auf einem großen grellgelben Schild zu lesen war. Aber Hubertus und Klaus interessierte das wenig. Schließlich ging es hier möglicherweise um Leben und Tod von Elke – weshalb sich Hummel in einer endzeitlichen Stimmung befand.

Per Handy war Elke nach wie vor nicht erreichbar. Die trostlose Atmosphäre der Kasernenbrache steigerte seine Depression noch: bröckelnder Putz, geflickte Pflastersteinauflage und wucherndes Grün, so weit das Auge in der allmählich anbrechenden Dämmerung reichte. Und ein völlig unüberschaubares Gelände von über

24 000 Quadratmetern, das vor ihnen dahinschlummerte. Immerhin hatten hier mal über 1100 Soldaten Dienst getan und Villingen zu einer Garnisonsstadt gemacht. Die Franzosen hatten fast so etwas wie ein eigenes Stadtviertel gehabt – mit eigenem Kino, Kaufladen und Casino.

»O Gott, Klaus, wie sollen wir Elke hier jemals finden?«, jammerte Hubertus. »Ob sie überhaupt hier war? Vielleicht hat sie der Mörder schon ...«

»Ruhig Blut, Huby. Ich kenn mich hier aus«, tröstete Klaus ihn. Das stimmte zwar überhaupt nicht, aber irgendwie musste er seinen Freund ja beruhigen. Deshalb fackelte er auch nicht lange und begann, an den Eingangstüren der großen Hauptgebäude zu rütteln. Verschlossen!

Zwischendurch kam ein Knacken aus einer der Seitentaschen von Klaus' Regenjacke, denn er hatte zur Sicherheit seinen illegalen Polizeifunkapparat aus dem Auto mitgenommen. Vielleicht half der ihnen ja irgendwie weiter. Spätestens, wenn gemeldet wurde, dass man irgendwo eine verletzte oder gar tote weibliche Person aufgefunden hatte ...

Jetzt waren die Lagerhallen dran, die sich im hinteren Teil des Geländes aufreihten. Einige davon waren aus grauem Beton, andere nur aus rötlich vor sich hin rostendem Wellblech. Wo sollten sie hier bloß anfangen?

In geduckter Haltung schritten sie die Seitensträßchen ab und versuchten, die blassblauen Stahltüren zu öffnen. Bei jedem neuen Türgriff begannen Hubertus' Halsschlagadern heftig zu pulsieren. Vielleicht würde sich Elke genau hinter dieser Tür befinden …

Lebendig?

Doch alle Stahltüren waren verschlossen.

Klaus überlegte: »Lass uns erst mal in den verrosteten Verschlägen weiter hinten nachsehen. Ich glaube kaum, dass unser Täter einen Schlüssel für diese Türen hier hat.«

Ein paar Pflastersteine weiter glitzerte etwas im Schein der Taschenlampe, die Klaus aus dem Kofferraum seines Autos mitgenommen hatte. Hubertus bückte sich nach dem Gegenstand und hob ihn auf. Klaus schwenkte den Lichtkegel darauf: »Hubertus 9.7.1992«, las er die Gravur auf der Innenseite des weißgoldenen Ringes, den Hummel zwischen seinen Fingern drehte.

»Ein Zeichen von Elke«, stammelte Hubertus fassungslos.

Würde er sie bis zum Hochzeitstag wiedersehen? Falls ja, so schwor er sich, würde er ihn dieses Jahr bestimmt nicht vergessen.

Klaus legte fast behutsam den Arm um Hubertus' Schultern: »Huby, wir finden sie schon. Sollen wir Edelbert oder Bäuerle informieren, damit sie suchen helfen?«

Hubertus schüttelte mutlos den Kopf.

»Keine Sorge. Hier muss sie irgendwo sein«, tröstete Klaus weiter.

Der Ring lag direkt vor einer Sackgasse, in der sich

zu beiden Seiten ehemalige Unterstände befanden. Hier hatten mal die Panzer der Franzosen gestanden.

Sie durchsuchten die angrenzenden Wellblechverschläge, kleine Kammern, die man für wenig Geld mieten konnte. Nur mit rostigen Schlössern waren sie gesichert, die Türen ließen sich mit einem Tritt aufbrechen.

Ein Fall für Klaus. Die erste, die zweite, die dritte: nichts.

Im vierten Verschlag ein Haufen Sperrmüll, ein kleiner Holzstoß. Dann fiel der Lichtschein auf glänzendes nasses Haar. Tropfende Strähnen hingen der Frau ins Gesicht.

Elke!

Sie saß auf dem nackten Betonboden, den Oberkörper an die verwitterte Blechwand gelehnt. Den Kopf regungslos nach vorne gebeugt, die Bluse zerfetzt, die weiße Hose völlig verschmutzt, barfuß. Fesseln waren straff um ihre zarten Handgelenke geschlungen.

»Elke, arme Elke.« Hubertus hatte die schlimmsten Befürchtungen. Er fasste vorsichtig nach ihren Wangen, hob ihren Kopf und sah, dass ihr Mund mit einem Pflaster verklebt war, die Augen geschlossen. Zärtlich tätschelte er ihre Wangen: »Elke, Elke, bitte, wach auf.«

Als er gerade ihren Puls fühlen wollte, hörten sie ein »Platsch«. Das Geräusch kam wohl von einem Reifen, der das Wasser einer Pfütze aufspritzen ließ. Es folgte ein laut aufheulendes Motorengeräusch. Kurz darauf der Lichtstrahl der Scheinwerfer, der die nassen Pflastersteine zum Glänzen brachte.

Hubertus und Klaus verschanzten sich rasch hinter dem Holzstoß.

Eine Autotür öffnete sich, und eine große, massige Gestalt mit Hut betrat den Unterstand. Das war er! Was sollten sie jetzt nur tun?

Die Person kam näher.

Hubertus kramte in Klaus' Jackentasche. Zum Glück schwieg der Polizeifunk gerade. Jetzt würde er noch eine andere Funktion erfüllen: Hummel brachte sich breitbeinig in Stellung und stieß den Kasten aus seinem Nacken ab.

So hatte er sich einst mit 8,84 Metern im Kugelstoßen eine Siegerurkunde bei den Bundesjugendspielen 1977 erkämpft. Das Funkgerät war etwas leichter als die damalige Kugel, doch die Weite war in etwa die gleiche. Es machte ein dumpfes Geräusch, und die Gestalt ging zu Boden. Treffer!

Hummel und Riesle kamen aus der Deckung hervor, näherten sich dem Körper, der etwa auf halber Höhe des Unterstands auf dem Boden lag.

Klaus knipste die Taschenlampe an und lenkte den Lichtstrahl auf das Gesicht der Gestalt, der das Blut an den Schläfen herunterlief. Den Mann kannten sie – aus der Zeitung, aber auch persönlich. Schulz! Stadtrat Schulz! Sein großer Hut lag neben ihm. An der Seite, an der das Funkgerät ihn getroffen hatte, war er eingedellt.

Hubertus war nur kurz fassungslos, dann bemühte er sich wieder um Elke. Er nahm ihr die Fesseln ab, riss ihr das Klebeband vom Mund und zog riesige Knäuel von

Mullbinden zwischen ihren Lippen hervor. Hoffentlich war sie nicht erstickt!

Er schüttelte sie: »Elke!«

Sie schien zu erwachen.

»Elke. Ich dachte, du wärst tot!«

Elke lächelte: »Aber Hubertus. Ich habe doch nur meditiert. In einer solchen Situation darf man das innere Gleichgewicht nicht verlieren.«

26. EISENHUT

Klaus alarmierte triumphierend per Handy die Polizei (»Sie können kommen, der Fall ist gelöst!«) und beschrieb den Weg zum Wellblechverschlag.

Hubertus registrierte Klaus' Anruf vor lauter Sorge um seine Ehefrau gar nicht. Diese schien jedoch weitgehend unversehrt. Elke war wirklich zäh.

Nachdem sie ihre Haare etwas in Ordnung gebracht hatte, erzählte sie von der Spazierfahrt mit Schulz, auf den derweil Klaus aufpasste. Noch immer lag er am Boden – mittlerweile bewegte er sich jedoch wieder etwas. Lebensgefährlich schien seine Kopfverletzung nicht zu sein, auch wenn er blutete.

»Zunächst war es sehr nett«, berichtete Elke. »Nachdem ich gesehen hatte, dass Herbert im Taxi saß und der Antwortbrief also von ihm war, fiel die Spannung von mir ab. Schließlich dachte ich, dass er wohl kaum der Mörder sein würde.« Sie versuchte, sich aufzurichten, was schon ganz gut gelang. »Herbert hat sich zwar gewundert, warum ich die Anzeige aufgegeben habe, aber er glaubte eben, wir hätten uns wieder getrennt, Hubertus – so wie letztes Jahr.«

Sie blickte ihren Mann an, der nicht wusste, was er ihr hätte entgegnen sollen. Er schüttelte nur langsam den Kopf und ärgerte sich, dass sie diesen Typen beim Vornamen nannte.

»Herbert war sehr galant und freundlich. Wir sind dann in Schluchsee den Uferweg entlangspaziert, und ich habe mir überlegt, was ich weiter tun soll. Herbert ist schließlich ein sensibler Mann, und ich wollte ihm nicht gleich wehtun und sagen, dass das alles nur ein Trick war.«

Hubertus lauschte ihr mit Unbehagen.

»Wir gingen also den Uferweg weiter, und plötzlich sah ich Herberts Fußspuren im Sand. Zunächst dachte ich mir nichts dabei, doch dann fiel mir ein, dass der Mörder vermutlich auch ›Lloyd‹-Schuhe getragen hatte. Die Spuren hattet ihr doch im Freibad gefunden. Ich erkannte sie, weil ich dir solche zu deinem Geburtstag schenken wollte. Plötzlich ging mir ein Licht auf!«

Hubertus kratzte sich am Kopf. Der Schuhabdruck aus dem Kneippbad! Der war fast in Vergessenheit geraten.

»Und dann?«, fragte Klaus, ohne Schulz aus den Augen zu lassen.

Zum Widerstand wäre der aber ohnehin nicht mehr fähig gewesen. »Mein Kopf«, jammerte er leise.

»Warten Sie's ab. Sonst waren Sie doch auch nicht so zimperlich!«, polterte Hubertus. »Und einen Falschnamen haben Sie auch benutzt. ›Rupert‹, na toll.«

Das Funkgerät war noch erstaunlich intakt. Sie hörten, wie knarzend gemeldet wurde, dass zwei Streifenwagen »mit Sondersignal« zur Welvert-Kaserne in der

Kirnacher Straße unterwegs seien. Sicher würde auch Kommissar Müller hier auftauchen.

»Als ich das mit den Fußspuren gemerkt habe, habe ich einen Schrei losgelassen. Das war nicht klug – ich brauche wirklich noch einige Übungen, bis ich genügend Selbstbeherrschung habe«, meinte Elke zerknirscht.

»Und dann wurde Schulz misstrauisch?«

»Richtig misstrauisch wurde er, als ich mich am Hotel Auerhahn entschuldigte und sagte, ich müsse zur Toilette. Ich bin aber hinters Haus gelaufen und habe versucht, dich anzurufen. Was ich nicht gemerkt habe, ist, dass Herbert mir gefolgt war. Und als er hörte, dass ich mit dir zu sprechen versuchte, wurde ihm wohl endgültig klar, dass ich Bescheid wusste ... Er hat mir das Handy aus der Hand geschlagen und zertreten.« Elke unterdrückte die Tränen.

»O je«, sagte Hubertus und erinnerte sich an den bruchstückhaften Anruf.

»Dann habe ich erst gemerkt, wie unausgeglichen Herbert tatsächlich ist«, berichtete Elke weiter. »Er hat mich mit einem Messer bedroht, und dann sind wir zurück zum Taxi gegangen, das noch am Weg gewartet hat. Die ganze Zeit hat er mir das Ding an die Rippen gepresst und das Taxi nach Villingen dirigiert. Der Fahrer hat wohl nichts gemerkt.«

»Schwein«, schimpfte Hubertus auf den am Boden Liegenden. »Du warst die längste Zeit im Gemeinderat – und deine Apotheke kannst du auch dichtmachen!«

»Schließlich hat Herbert mich übers Kasernengelände geschleift. Ich habe mich zu wehren versucht – du weißt schon, Hubertus: mein Selbstverteidigungskurs –, aber er war stärker und hat mir beim Kampf meine Bluse zerrissen. Auch sein Hemd hat etwas abbekommen – ich habe zwei Knöpfe abgerissen. So hab ich gesehen, dass er Kratzspuren am Oberkörper hat – also bestand definitiv kein Zweifel mehr. Wenigstens habe ich es geschafft, unseren Ehering abzustreifen, weil ich gehofft habe, dass irgendjemand ihn findet – am besten ihr.«

Hubertus nickte. Das hatten sie auch zum Glück.

»Hier hat mich Herbert dann gefesselt zurückgelassen. Er sagte, er müsse noch etwas holen.«

»Aha, und was, du Schwein?«, wandte sich Hubertus nochmals an Schulz. Am liebsten hätte er das Funkgerät noch einmal auf den Stadtrat geschleudert – nicht nur aus Rache für die Angst, die er am heutigen Tag hatte ausstehen müssen, sondern auch für letzte Weihnachten, als der Stadtrat schon einmal versucht hatte, mit Elke anzubandeln.

Gerade als er Schulz so richtig in die Mangel nehmen wollte, ertönte ein Martinshorn. Auf dem noch kurz zuvor verlassen daliegenden Areal breitete sich in Sekundenschnelle hektische Betriebsamkeit aus. Die Blaulichter der immerhin drei Polizeifahrzeuge sowie des Rettungswagens 1/83/1, der bald darauf Schulz und auch Elke versorgte, spiegelte sich in den Pfützen der Kasernenbrache.

Es regnete noch immer.

Kommissar Müller besuchte gerade ein klassisches Konzert im Franziskaner. Er werde nachkommen, sobald man ihn erreicht habe, gab Kollege Winterhalter bereitwillig Auskunft.

»Und ich war halt bei mir im Stall – da hät mer scho eher des Handy dabei als im Konzert«, erklärte Winterhalter.

Er schien Müller nicht übermäßig zu vermissen und begann mit der Vernehmung von Schulz, sobald dieser notdürftig versorgt war.

»Ich wollte Elke doch gar nichts tun«, beteuerte er zunächst. »Sie war es, die mich getäuscht und belogen hat.«

Zwei Minuten später wusste er jedoch, dass das Spiel endgültig aus war. Schulz pochte noch nicht einmal darauf, dass er seinen Anwalt sprechen wolle.

Klaus, der wie immer auch hier recht ungeniert umherschnüffelte, hatte nämlich in dem von Schulz gemieteten Verschlag unter dem Sperrmüll zwei Briefe gefunden, die zweifelsohne von ihm stammten und die an eine »Liebste Verena« gerichtet waren. Offenbar Indizien aus der intimeren Phase der Beziehung zwischen den beiden. Auch das Handy, das sich ebenfalls unter dem Müll fand, stammte wohl aus dem Besitz einer der Ermordeten.

Ja, er habe mehrfach Kontaktanzeigen beantwortet, weil er in seiner Ehe nicht mehr glücklich gewesen sei, sagte Schulz nun. Anonym selbstverständlich und wegen seiner »gehobenen gesellschaftlichen Stellung« auch außerordentlich diskret. »Das ist schließlich nicht strafbar.«

Der Verletzte wurde nun gesprächiger. Einerseits war es nervig, denn auch der Gemeinderatsberichterstattung im *Kurier* war stets zu entnehmen, dass der Apotheker sich wohl gerne reden hörte. In diesem Fall traf es sich aber gut, wie Winterhalter dachte.

»De Kollege Müller wird sich schön ärgern«, grinste er in sich hinein. »Da macht er ei'mol mit seiner Frau auf Kultur und verpasst prompt d' Auflösung vom Fall …«

»Hier riecht es irgendwie komisch«, merkte Stadtrat Schulz in diesem Moment an.

»Jo verdammt no' mol, des werd wohl ich sei!«, platzte es aus Winterhalter heraus. »Hän Sie keine andere Sorge? Ich hab doch g'sagt, ich kumm direkt vom Stall. Es tut mir leid, dass statt mir nit de Kollege Müller in seinem Konzertsmoking komme isch. Des wär Ihne natürlich eher ang'messe g'wese, Herr Stadtrat …«

Er habe mit Verena schöne Wochen verbracht, ehe sie mitbekommen habe, dass er verheiratet sei, sagte Schulz, ohne auf Winterhalter einzugehen. Seinen Beteuerungen, er werde sich demnächst scheiden lassen, habe sie nicht geglaubt. »Dabei hatte ich es wirklich vor.«

»Pah!«, meldete sich Hubertus wieder zu Wort. »Gigolo! Lügner!«

Elke tätschelte Hubertus' Arm, um ihn etwas zu beruhigen, sodass die Vernehmung weitergehen konnte.

Der bislang recht gefasste Schulz glitt nun in die Jammer- und Selbstmitleidsphase: »Was hätte ich denn machen sollen? Sie war völlig verrückt und hat in der Apotheke angerufen, um allen zu sagen, dass ich ein Betrüger und ein Schwein sei. Einmal hat sie auch versucht, meine Frau telefonisch zu erreichen. Aber da habe zum Glück ich den Hörer abgenommen. Zuletzt hat Verena sogar angekündigt, dass sie ein Plakat an die Schaufensterscheibe der Apotheke hängt und es so die ganze Stadt erfahren soll!«

Winterhalter blieb sachlich: »Also musstet Sie was unternehme …«

Schulz nickte. Einmal, zweimal, dreimal – ganz bedächtig. »Ich wollte mich mit Verena zu einer Aussprache treffen, aber dazu war sie nicht bereit. Im Gegenteil. Sie sagte, wahrscheinlich wolle ich sie aus dem Weg räumen. Das hatte ich eigentlich gar nicht vor! Aber dann kam ich auf die Idee …«

»Und?«, fragte Hubertus fordernd.

»Ich wusste, dass Verena gerne frühmorgens im Kneippbad schwimmen ging. Und sie hatte mir auch erzählt, dass es dort immer so neblig sei, dass man die Hand vor Augen kaum sehe …«

»Entschuldigung«, unterbrach einer der Sanitäter. »Wir würden den Herrn gerne zur Beobachtung mit ins Krankenhaus nehmen. Oder ist er verhaftet?«

»Natürlich isch er vorläufig feschtg'nomme«, erläuterte Winterhalter und klärte Schulz über seine Rechte auf. Peinlich. Das hatte er ganz vergessen. »Wartet Sie bitte noch drei Minuten, meine Herren.«

»Und?«, bohrte Hubertus nochmals nach. »Dann kamen Sie auf die Idee, den Mord als Raubmord zu tarnen …«

Schulz nickte. »Ja, erst wollte ich einen Unfall mit Fahrerflucht simulieren und Verena auf dem Weg zum Bad anfahren. Im Bad erschien mir das bei diesem bekannt dichten Nebel dann aber erfolgversprechender, und …«

»Klar, Sie brauchten ja auch den Wohnungsschlüssel Verenas. Das ging im Bad einfacher. Außerdem wussten Sie, dass so logischerweise einer der Frühschwimmer verdächtigt würde, nachdem Sie sich über den Zaun davongemacht hatten.«

Winterhalter kam nicht mehr so ganz mit, aber eigentlich war ihm das auch egal. Hier handelte es sich schließlich um ein Geständnis – und darauf kam es an. Schulz war so fertig, der würde jedes Protokoll unterschreiben. Selbst wenn ein nach Bauernhof riechender Kripomann ihn verhörte …

Klaus trumpfte nun auf: »Nach dem Mord gingen Sie mit dem Schlüssel des Opfers zum Spind, räumten diesen aus, täuschten damit einen Raubmord vor und verließen das Bad wieder, wie Sie gekommen waren. Allerdings übersahen Sie, dass Sie im Sandkasten eine Fußspur hinterlassen hatten. Und dann verschafften Sie sich mit dem Hausschlüssel von Verena Böck Zutritt zu deren Wohnung und nahmen alles mit, was auf Ihre Identität schließen könnte – Ihre Briefe beispielsweise oder den Anrufbeantworter, auf dem sich wahrscheinlich eine Nachricht von Ihnen befand.«

Schulz nickte wieder. Er wirkte gebrochen.

Elke hatte schon fast wieder Mitleid mit ihm.

»Und der zweite Mord?«, mischte sich Hummel ein.

»Damit habe ich nichts …«

»Ha!«, sagte Hummel. »Sie sind Apotheker. Da hätte ich auch früher drauf kommen können. Claudia wurde vergiftet – und wer kommt an Gift? Ein Apotheker!«

Nun konnte sich auch Winterhalter einschalten: »Mit Blauem Eise'hut. Der wirkt in paar Minute, wenn mer die richtige Dosierung kennt. Und wenn die jemand kennt, dann doch wohl Sie!«

»Herbert! Ich bin mir sicher, dass die Polizei hier auch noch Unterlagen aus Claudias Besitz findet«, mischte sich Elke ein. »Du solltest dir jetzt alles von der Seele reden!«

Ob es tatsächlich an Elkes Ansprache lag? Auf jeden Fall hörte Schulz auf sie.

»Hat Claudia auch Kontaktanzeigen aufgegeben?«, fragte Elke behutsam weiter.

Schulz schüttelte den Kopf. »Sie wollte mich erpressen, diese geldgierige Schlange. Sie hatte Verenas Tagebuch im Büro gefunden – das war das Einzige, was nicht in der Wohnung war. Und darin hatte sie alles fein säuberlich aufgelistet: meinen Namen, meinen Beruf, sogar, wo ich wohne.«

»Brauchte Claudia denn dringend Geld?« Elke setzte die Vernehmung mit sanfter Stimme fort.

Schulz schaute nochmals verächtlich: »Sie war krank, hatte Depressionen, war wohl völlig überfordert in ihrem Job. Sie sagte mir, sie wolle weg und irgendwo in der Toskana ein neues Leben beginnen. Dafür bräuchte sie ein Startkapital.«

»Wie viel?«

Schulz blickte fassungslos drein: »250000 Euro. Unglaublich. Dieses Miststück. Notfalls sollte ich eben meine Apotheke verkaufen, meinte sie. Mir blieb keine andere Wahl …«

»Und dann?«

»Sie wollte sich nicht allein irgendwo mit mir treffen – wahrscheinlich weil sie Angst hatte. Also habe ich vorgeschlagen, ihr beim ›Spring Break‹ das Geld zu übergeben – am späteren Abend sollte ich es in der Nähe des Sportplatzes der Polizei-FH abstellen. Fiel ja nicht auf, weil ich als Stadtrat ohnehin da war. Zum Glück hatte sie ein so exklusives Getränk wie einen ›Sex on the beach‹ bestellt, sonst hätte es womöglich noch die Falsche getroffen … Ich war unauffällig in der Nähe der Cocktailbar und habe ihr dann etwas ins Getränk getan.«

»Und dann hast du auch ihre Wohnung durchsucht?«, bohrte Elke weiter.

Schulz nickte.

»Und als Sie Verenas Tagebuch nicht in der Wohnung fanden, sind Sie ins Büro eingebrochen und haben die Seiten aus dem Tagebuch herausgerissen, in denen Hinweise auf Sie waren. Anschließend haben Sie das Tagebuch auffällig liegen gelassen, weil Verena auf anderen Seiten Frank Jauch beschimpft hat und Sie so den Verdacht auf ihn lenken wollten«, folgerte Klaus weiter.

»Nur noch eine Frage, Herbert«, sagte Elke und schaute dem Doppelmörder fest ins Gesicht. »Was hattest du mit mir vor?«

Schulz wich ihrem Blick aus, dann sah er sie aber doch an. »Nichts, meine Liebe«, sagte er. »Ich mag dich doch – das habe ich dir schon letztes Jahr gesagt. Ich hätte dich hiergelassen, um einen Vorsprung zu bekommen, und hätte dann dafür gesorgt, dass man dich befreit.«

»Pah!«, kam es von Hubertus.

Elke nickte jedoch. Das hätte sie ihm auch nicht wirklich zugetraut.

»Gehe mer – bevor de Müller noch kommt«, sagte Winterhalter trocken.

Zwei Streifenbeamten führten Schulz ab. Handschellen waren angesichts seines Zustands nicht nötig – eher musste man ihn stützen. Als die Polizisten seine Taschen im Krankenwagen leerten, fiel ihnen eine offenbar sehr robuste kleine Flasche in die Hand.

27. SCHWARZWÄLDER SCHWITZKUR

»Das sind die Vorzeichen des Klimawandels«, dozierte Hubertus Hummel. »Erst viel zu heiß und dann auf einmal ein Temperatursturz. Wir sind alle selbst schuld daran – auch du und ich …

Klaus Riesle hörte gar nicht mehr hin. Er hatte genug damit zu tun, den neuesten Aufguss zu verarbeiten, den das stets zu Scherzen aufgelegte Personal soeben gemacht hatte. Sie befanden sich in der Sauna des Gesundheitszentrums »Solemar« in Bad Dürrheim.

In den Tagen zuvor hatte es auf Schwarzwald und Baar merklich abgekühlt. Vierzehn Grad zeigte das Thermometer draußen, hier in der Sauna jedoch fünfundneunzig, wenn Klaus das durch die über seine Augen laufenden Schweißtropfen richtig erkannte. Der Vorschlag, sich in der Sauna zu entspannen, war natürlich von Elke gekommen. Die war gerade in der Vierzig-Grad-Meditationssauna, in der Entspannungsmusik lief und die Leute einen böse anschauten, wenn man den Mund aufmachte.

Gut so, dachte Hubertus. Er wollte, dass Klaus seine Frau so selten wie möglich nackt sah. Apropos nackt: Seinen Verband am Fuß war er seit gestern wieder los – eine wesentliche Erleichterung.

Die beiden Freunde saunierten inmitten eines rustikalen Schwarzwaldhäuschens mit Mühlrad, das sich im Außenbereich des Gesundheitszentrums befand und bei den Kurgästen sehr beliebt war. Um das Häuschen herum verlief ein Weg, der mit den unterschiedlichsten Belägen die Fußsohlen der Saunagänger massierte.

»Also, wie war das jetzt mit dem Fall?«, fragte Edelbert Burgbacher nach. Er saß zwischen den beiden Freunden und hatte seinen Entspannungsort wechseln müssen, nachdem er im Rottweiler »Aquasol« doch noch Hausverbot bekommen hatte. Nicht ganz zu Unrecht, wie Hubertus befand. Burgbacher hatte an jenem Abend nicht nur halb nackt das Areal verlassen, um mit einem Handy herumzuspringen, worüber sich andere Badegäste beschwert hatten. Vor allem aber hatte er es für eine gute Idee gehalten, seinen Rotwein anschließend »zur Entspannung« im Becken zu genießen, während er sich von den Massagedüsen behandeln ließ. »Das ist echter Müßiggang, ihr verkniffenen Kleinstädter«, hatte er dann schon nicht mehr ganz nüchtern doziert.

Außerdem hatten ihn die Bademeister wahrscheinlich doch noch mit Hubertus und Klaus in Zusammenhang gebracht, die freilich auch bis auf Weiteres dort nicht mehr baden durften. Aber immerhin hatte Burgbacher die Gunst seines Lebensgefährten behalten, der nach Bad Dürrheim mitgekommen war. Er befand sich gerade mit Elke in der Meditationssauna. Zuvor hatte er sich mit ihr über die Wirkkraft von Steinen bei der

Linderung der unterschiedlichsten Leiden ausgetauscht. Vielleicht würde man sich nachher in der Eisgrotte oder dem kalten Außenbecken, spätestens jedoch im Gastronomiebereich sehen.

»Was war denn jetzt mit diesem Heimburger? Immerhin verdanke ich mein Hausverbot ja auch ihm«, fragte Edelbert nochmals.

Klaus fühlte sich bemüßigt, ihn aufzuklären: »Heimburger hatte nichts mit der Sache zu tun – er ist eben psychisch krank und mittlerweile wieder im Rottenmünster. Er war früher Sportlehrer und hat es nicht verkraftet, dass unter seiner Obhut ein Kind ertrunken ist. Die Tatsache, dass er bei dem Mord an Verena in unmittelbarer Nähe war und wieder nicht helfen konnte, hat ihn schwer traumatisiert. Zumal er tatsächlich der Einzige war, der die Tat mehr oder weniger beobachtet hat.«

»Und warum war er dann auch im Aquasol?«, fragte Burgbacher.

Hubertus schaltete sich ein, denn die beiden anderen redeten ihm entschieden zu laut. Die Sauna war schließlich ein Ort der Entspannung. »Benehmt euch doch mal, und schreit nicht so«, ermahnte er sie. »Also: Heimburger war besessen von dem Gedanken, seine Schuld wiedergutzumachen, indem er einen anderen Menschen vor dem Ertrinken rettet. Dieser Kompensationsversuch ist gar nicht so selten – und aus diesem Grund ist er auch aus dem Rottenmünster abgehauen und ins Aquasol gegangen. Nach der Verfolgungsjagd war er dann aber so verstört, dass er wieder dorthin zurückkam.«

Mindestens fünfzehn Minuten waren sie nun schon in dem dampfenden Raum – für Anfänger entschieden zu viel. Klaus verließ die Sauna, Hubertus folgte ihm. Edelbert war zäher und solche Temperaturen gewohnt.

Sie begaben sich vor das Schwarzwaldhäuschen und zogen am Seil des Mühlrads, woraufhin eiskaltes Wasser auf sie niederplatschte.

Hubertus stöhnte auf.

Die nächsten dreißig Minuten verbrachten sie mit einem Rundgang durch das Solemar. Im großen Entspannungsbecken trafen sie Elke, die genug meditiert hatte und sich jetzt einer anderen Aufgabe widmete. Bei ihr waren nämlich Didi Bäuerle, mit dem sich Hubertus immer noch nicht ganz versöhnt hatte, und Martina. »Siehst du, Schatz, so geht das«, zeigte ihr Elke gerade ein paar Schwangerschaftsübungen. Bäuerle schaute sich das größtenteils pflichtschuldig an. Immerhin, dachte sich Hubertus: Martina und Bäuerle würden zusammenbleiben – und er wohl oder übel mal des Hausmeisters Angebot zu einer Aussprache annehmen müssen. In weniger als einem halben Jahr würde er Großvater sein, überlegte Hubertus.

Ausgerechnet er. Wie die Zeit verging …

Bald überredete ihn Burgbacher zu einer zweiten Saunarunde. Edelberts Wissensdurst war noch immer nicht gestillt: »Und dieser schleimige FH-Typ, der Fast-Ehemann von Verena, war also unschuldig?«

Hubertus nickte und setzte sich eine Stufe weiter nach unten, wo es etwas weniger heiß war.

Klaus wiegte den Kopf hin und her: »Na ja – was die Mordgeschichte betrifft, schon. Aber seine Dissertation hat er trotzdem nicht selbst geschrieben – aber behalt's für dich, sonst ist die Karriere des Jungen im Eimer.«

»Ja, ja – die heilige Wissenschaft«, sagte Burgbacher ironisch. »Da lobe ich mir die Kunst. Da muss man jeden Abend auf der Bühne zeigen, was man draufhat, und kann keinen vorschicken. Und diese Verena hat für ihren Mann die Dissertation verfasst?«

Hubertus und Klaus schüttelten den Kopf. »Nein, pass auf. Wir haben diesen komischen Typen, der auf dem ›Spring Break‹ Frank Jauch angepöbelt hat, per E-Mail in Asien erreicht, und er hat uns verraten, dass …«

Die Saunatür öffnete sich. Ein Bekannter trat ein, der sie ebenso entsetzt anschaute wie sie ihn.

Kommissar Müller!

Er schien zu überlegen, ob er das Weite suchen sollte, setzte sich dann aber zu ihnen, atmete tief durch und sagte: »Glückwunsch, meine Herren. Diesmal scheinen ja alle richtig gelegen zu haben.«

Er schaute süßsauer.

»Unser Profiler freut sich, weil er mit seiner Einschätzung recht hatte und der Täter tatsächlich eine hohe Formalbildung und große Flexibilität besaß, Deutscher war und Probleme mit Frauen hatte. Winterhalter ist auch zufrieden, denn er durfte ja an meiner Stelle die

Festnahme vornehmen. Und auch Sie scheinen in diesem Fall gut dabei gewesen zu sein. Aber dafür gibt's für Sie zur Belohnung zwei Anzeigen.«

Hummel und Riesle waren perplex.

»Eine für Sie, Herr Hummel, wegen gefährlicher Körperverletzung. Möglicherweise wäre dieser Herr ja wohl anders zur Strecke zu bringen gewesen.«

Ehe Hummel protestieren konnte, wandte sich der Kommissar an Riesle: »Und eine für Sie, denn Herrn Hummels ›Werkzeug‹ stammte ja wohl aus Ihrem Auto. Dass das Funkgerät illegal ist, brauche ich Ihnen ja wohl nicht zu sagen. Zu Ihren weiteren Dreistigkeiten, widerrechtlich so tief in den Fall einzudringen und Türen auf dem Kasernengelände aufzutreten, sage ich lieber mal gar nichts. Eigentlich habe ich nämlich heute frei.«

»Ich bin mir sicher, dass mein Verfahren eingestellt wird«, sagte Hummel und brummelte etwas von »unglaublicher Undankbarkeit« und »ging schließlich um Leben und Tod«.

Riesle nahm die Neuigkeit lockerer auf und fragte: »Herr Kommissar, wissen Sie eigentlich, was in der Flasche war, die Ihre Kollegen bei Schulz sichergestellt haben?«

Der Kommissar sah erst ihn, dann aber noch länger Hummel an und sagte zu Letzterem: »Blauer Eisenhut. Und im Kofferraum hatte er Salzsäure. Schulz ließ Ihre Frau zurück, um noch mal in seine Apotheke zu gehen. Ich bin überzeugt, dass er erst Ihre Frau töten und dann ihre Leiche entsorgen wollte. Die Dosis hätte jedenfalls ausgereicht, um eine komplette Schwarzwälder Milchkuh verschwinden zu lassen.«

Hubertus japste nach Luft – und dies nicht nur, weil gerade wieder ein neuer Aufguss fällig wurde. »Ich muss zukünftig noch besser auf Elke aufpassen, Klaus«, sagte er nach langem Schweigen. »Und auch du solltest deine Beziehung mehr pflegen.

Der blieb die Antwort schuldig. Momentan war in der Schwebe, ob Kerstin überhaupt noch eine Beziehung mit ihm wollte. Er hatte schon Elke und ihre die Selbstverwirklichung preisende Lektüre verdächtigt, Kerstin aufzuwiegeln.

»Ich geh dann auch mal meine Beziehung pflegen«, betonte Edelbert, schwang sich von der Bank und verließ die Sauna.

Jetzt waren sie nur noch zu dritt, denn nach dem Aufguss waren auch die anderen Gäste hinausgeströmt.

Bald erhoben sich auch Hubertus und Klaus. »Auf Wiedersehen dann«, murmelte Hubertus zu Müller, ging zur Tür und wollte sie öffnen.

Doch sie klemmte.

»Verdammt!«, brüllte Hubertus, der doch vor wenigen Minuten noch für mehr Ruhe eingetreten war. Nochmals drückte er gegen die Saunatür. Nichts. »Da will uns jemand umbringen!«

»Lass mich mal«, sagte Riesle, doch Hubertus umklammerte weiter die Tür.

Wer war das? Hatte Schulz Helfershelfer? Wieder probierte er es. Vor seinem geistigen Auge versuchte er sich vorzustellen, welche Wirkung die Hitze dauerhaft auf seinen Körper hätte. Keine gute, so viel war klar …

Während Kommissar Müller aus einem Reflex heraus seine Dienstwaffe suchte, die er begreiflicherweise nicht dabeihatte, meinte Klaus: »In fünfundfünfzig Minuten kommt der Typ mit dem Aufguss.«

Hubertus wurde es mulmig. In fünfundfünfzig Minuten? Er würde sein Enkelkind nie sehen.

Gerade als Riesle Hummel zur Seite stoßen wollte, kam die Rettung. Von außen ging die Tür auf: Bernd Bieralf.

»Ziehen, Kollege, nicht drücken«, meinte der Journalist.

Riesle schaute kopfschüttelnd auf Hummel, dem die Angelegenheit durchaus peinlich war. Und das auch noch vor den Augen von Kommissar Müller …

»So, ihr beiden – auch hier?«, genoss Bieralf die Situation. »Wenn ihr wieder mal bei irgendwas Hilfe braucht, sagt es einfach …«

Riesle fasste sich schnell wieder: »Ja, danke, Bernd. Wir wissen Bescheid. Zum Beispiel, wenn ich mal eine Dissertation brauche …«

Sie ließen einen verblüfften Bernd Bieralf zurück und gingen, um sich wieder kalt abzuduschen.

Hubertus war nach der erneuten Anspannung überaus erleichtert und trat blinzelnd in die mittlerweile wieder scheinende Sonne am Außenbecken.

Es würde ein schöner Sommer werden. Sollte der Enkel nur mal kommen.